Ich habe

Christoph Hein · Elmar Faber

einen Anschlag

Der Briefwechsel

auf Sie vor.

Herausgegeben von Michael Faber

Faber & Faber

Inhalt

Vorbemerkung

Der Briefwechsel umfaßt einen Zeitraum von beinahe 35 Jahren. Das erste Schreiben datiert vom 16. 9. 1983 und die letzte Notiz via E-Mail stammt vom 25. 7. 2017. Am 3. 12. 2017 stirbt Elmar Faber in seinem Haus in Leipzig. Nach Sichtung des Nachlasses des Verlegers ist es die dauerhafteste Korrespondenz mit einem Autor. Nur die mit dem schon seit den Studientagen befreundeten und im Dezember 2014 verstorbenen Fritz Rudolf Fries geht über einen längeren Zeitraum, ist allerdings durch große Diskontinuitäten gekennzeichnet. Es scheint regelrecht folgerichtig, daß Christoph Hein am Ende auch die Grabrede hält.

Elmar Faber hatte im Frühjahr 1983 als Verleger den Berliner Aufbau-Verlag übernommen, deren Autor Christoph Hein war. Ein halbes Jahr zuvor war mit *Der fremde Freund* eines der erfolgreichsten Bücher von Hein erschienen, das in Lizenz 1983 unter dem Titel *Drachenblut* auch im westdeutschen Vertriebsgebiet bei Luchterhand ein äußerst erfolgreiches Buch wurde. Es erschien bis 1990 in dreiundzwanzig Sprachen. Es hatte den Anschein, dass sich beide tatsächlich als Brüder im Geiste empfanden. Faber schreibt dazu in seinen Erinnerungen: „Ich wollte, wie Christoph Hein, die Literatur als koproduktive Mitgift für die Gesellschaft aufgefaßt wissen, die (auch) Warnschilder aufstellte für Fehlentwicklungen. Wir waren, wie Christoph Hein meinte, nicht nur für das verantwortlich, was wir taten, sondern auch für das, was wir unterließen. Ich glaube, es war diese stille Übereinkunft, die unseren Freundschaftsbund schmiedete …"

Dennoch führte diese kollegiale Freundschaft, die überdies lange Zeit das Du in der gegenseitigen Ansprache vermied, zwischen dem Autor und dem Verleger nicht zu eruptiven spontanen Korrespondenzen. Jeder hatte genug mit seinen „Kerngeschäften" zu tun. Auch gibt es Jahre, in denen in Zeiten des Telefons nur sporadisch schriftlich Gedanken ausgetauscht wurden. Gänzlich oder doch in großen Teilen blieben unberücksichtigt Telegramme, Briefpostkarten u. ä. Kurznachrichten, die spätestens seit der zweiten Hälfte der 1980er Jahre zu Anlässen wie Geburtstagen oder verabredeten Abendessen regelmäßig ausgetauscht wurden. Auch offizielle Verlagsbriefwechsel zu Verträgen, Mitteilungen zu Erscheinungsterminen etc. blieben ausgeklammert, es sei denn, sie hatten, wie im Brief von Faber an Hein vom 29.12.1990 eine konstituierende Funktion – die Ankündigung eines neuen Verlags, dem späteren Verlag Faber & Faber. Und manche Briefe scheinen leider verloren, der Verlust erhellt sich aber manchesmal durch die Antwortschreiben.

Diese Ausgabe versteht sich vor allem als Ergänzung zur Rezeption des Werkes von Christoph Hein, der sich gelegentlich sehr gern auch mit dem Berufsbild des Verlegers kritisch bis ironisch auseinandersetzte. Und sie soll auch ein Memorial für meinen hochgeschätzen Verlegerkompagnon und Vater sein.

Michael Faber

o. O., 16. 9. 83

Lieber Herr Faber,
beiliegend der Durchschlag der überarbeiteten Richtigstellung. Ich erwarte Ihren Anruf.
Ich freute mich, Sie kennenzulernen und über unser Gespräch. Eine vertrauensvolle Zusammenarbeit halte auch ich für die beste Voraussetzung bei dem schwierigen Geschäft des Büchermachens. Ich werde Ihrer Einladung gern folgen und mich – wann immer ich glaube, dazu Anlaß zu haben – an Sie wenden. Und ich hoffe, daß auch Sie eventuell auftretende Schwierigkeiten ebenso unmittelbar mit mir klären. Daß dies notwendig ist, zeigt mir jene Falschmeldung der westdeutschen WELT, die gerade dieses Vertrauensverhältnis empfindlich zu stören suchte.
Ich grüße Sie herzlich. Demnächst kommt von mir ein hoffentlich erfreulicherer Text in den Verlag.

Ihr
Christoph Hein

PS. Ich habe noch eine Frage, die ich gern mit Ihnen am Montag besprechen würde: impliziert ein Dementi von mir nicht möglicherweise die Annahme, ich hätte die WELT vom 23. 8. gelesen bzw. würde dieses Blatt überhaupt lesen? Tatsächlich bin ich ja bis zum heutigen Tag nur höchst inoffiziell über jene Notiz informiert worden.

Berlin, am 27. 12. 83

Lieber Herr Faber,
ich wollte Sie vor ein paar Tagen zur Premiere eines meiner Stücke im Deutschen Theater einladen, aber Sie waren bereits im Weihnachtsurlaub.
Ich bat das Deutsche Theater, für die Vorstellung am 7. 1. Ihnen zwei Karten zu reservieren.
Ich wünsche Ihnen ein gutes 1984 und uns eine gute und erfolgreiche Zusammenarbeit.
Sehr herzlich
Ihr
Christoph Hein

PS. Sie erkundigten sich so freundlich nach meinem Bruder, der nun auch für Aufbau arbeitet: ich lege Ihnen einen kleinen Artikel aus der BZA vom 22. XII. in den Brief.

Gemeint ist das Stück *Die wahre Geschichte des Ah Q,* das als erste Uraufführung nach der Wiedereröffnung des Deutschen Theaters in der Regie von Alexander Lang Premiere hatte.

Heins Bruder ist der Architekt Gottfried Hein, der maßgeblich an der Rekonstruktion des 100jährigen Deutschen Theaters beteiligt war. Ein kurzer Beitrag in der *Berliner Zeitung am Abend* nimmt darauf Bezug.

o. O., 14. II. (1984)

Lieber Herr Faber,
ich hoffe, mein kleiner Roman machte Ihnen etwas Spaß.
Ich fahre nochmal auf eine Lesereise und bin Anfang März zurück. Dann könnten wir darüber sprechen und auch den Titel festlegen. Den jetzigen will ich nicht. Es soll kein Doppeltitel sein, aber möglichst soll der Name „Horn“ im Titel enthalten sein.
Bis bald.
Sehr herzlich

Ihr
Christoph Hein

Der Roman *Horns Ende* sollte ursprünglich „Horn oder Der gebrochene Spiegel“ heißen.

o. O., 10. III. 84

Lieber Herr Faber,
beiliegend mein Sloterdijk-Artikel, der wohl einiges über mein Geschichtsbewußtsein sagt, eindeutiger jedenfalls, als es eine Literatur, ein Kunst-Text vermag oder sollte oder dürfte.
Eben blätterte ich das Messe-*Börsenblatt* durch. Der *Horn* ist für das IV. Quartal angezeigt, aber das werden wir wohl nicht einhalten können.
Wird es '84 eine Nachauflage von *Fremder Freund* geben? Und ist eine Entscheidung zum Stücke-Band gefallen?
Mit besten Grüßen und guten Wünschen für die bevorstehenden Messeabschlüsse

Ihr
Christoph Hein

Eine zweite Auflage von *Cromwell und andere Stücke* erschien erst 1985 im Aufbau-Verlag.

Bergsdorf, am 22. Juli 84

Lieber Elmar Faber,
wie verabredet werde ich mich nach dem 14. August bei Ihnen melden. Ich hoffe und bin gewiß, daß mein Roman keine unüberwindlichen Schwierigkeiten machen wird. Ich glaube, das Problem liegt in einer Über-Interpretation (etwa, wenn man die Kleinstadt mit der DDR gleichsetzt), da taucht das alte Leiden unserer Germanistik und Kritik auf, die jedes Stück, jeden Roman zu *dem* Stück, zu *dem* Roman machen will. Es ist das alte Übel mit dem *Faust,* 3. Teil, der geschrieben werden sollte, und nach der Vorlage von jedem neuen Text rief man enttäuscht: das wars wieder nicht. Wir werden es wohl alle lernen müssen, nicht beständig auf einen Jahrhunderttext zu warten, sondern uns mit kleinen, einigermaßen gut erzählten Geschichten zufriedenzugeben, und sie auch nur als kleine, vereinzelte Geschichten hinzunehmen. Sonst wird uns alles wie Wasser durch die Hände rinnen, und wir stehen da mit nichts und unserem großen Anspruch.
Eine Bitte: könnten Sie mir eine kleine Nachricht in mein Dorf zukommen lassen, wie es mit der Nachauflage vom *Fremden Freund* steht? Und zweitens: da ich den Roman bereits vor einem halben Jahr abgab, müßte da nicht die 1. und 2. Rate fällig sein?
Beste Grüße und bis bald. (Die Wartezeit behindert die Arbeit doch mehr als vermutet, mehr als sinnvoll und erklärbar ist.)

Herzlich, Ihr
Christoph Hein

Gemeint ist der Roman *Horns Ende,* der nach aufreibenden Auseinandersetzungen mit der Zensur Hauptverwaltung Verlage im Ministerium für Kultur 1995 als einziges Buch der DDR ohne Druckgenehmigung erschien. Siehe dazu auch das Nachwort von Christel Berger zur Auflage des Romans innerhalb der *DDR-Bibliothek,* Leipzig 1996.
Von der Novelle *Der fremde Freund* erschienen beim Aufbau-Verlag 1984 eine 3. und 1986 eine 4. Auflage.

o. O., 20. IX. 84

Lieber Herr Faber,
ich wollte Ihnen die West-Ausgabe des Kinderbuches erst nach Bofis + meiner Arbeit geben. Aber ich mußte Ihnen nun ganz schnell einen Gruß von Herzen schicken. Ich bedanke mich.
Christoph Hein

(Verraten Sie bitte Bofinger nicht, daß Sie den Text unseres Buches bereits haben. Ich fürchte, es würde ihn kränken.)

Das Kinderbuch *Ein Wildpferd unterm Kachelofen* erschien in der westdeutschen Ausgabe ohne die Illustrationen von Manfred Bofinger. Die Illustratorin war dort Rotraut Susanne Berner.

o. O., am 12. X. 87

Lieber Elmar Faber,
hier kommt ein Herzstück.
Ihr
Christoph Hein

Kleiner (wohlbegründeter) Genesungswunsch für E. F.

Der deutschen Autoren Schutzpatron
ließ Heinrich Heine mich wissen
ist der Heilige St. Napoleon:
er ließ ein' Verleger erschießen.

Ein deutscher Verleger notabene es war,
der da stand vor den Musketieren.
Bei dem, was er zahlte an Honorar,
tats not, ihn zu füsilieren.

Und durch die deutschen Länder da klangs
und in allen deutschen Ohren
das laute, freudige Vive la France
der armen deutschen Autoren.

Wie uns der Verleger auch schindet und hetzt
und ungern bezahlt und höchst selten,
die deutschen Autoren wissen jetzt:
Napoleon wird's ihm vergelten.

*

Verehrter Heine, Sie verzeihn,
in unserer Gegenwarte
gibt's keinen Napoleon mehr, allein,
es spieln viele den Bonaparte.

Ein Kaiser ist hier ein jedes Filou,
die ganzen beamteten Schranzen.
Sie lassen Verleger, Autoren dazu
nach ihrer Pfeife tanzen.

Sie halten uns knapp an Papier, Druckerein.
Sie drücken uns, statt uns zu drucken.
Papier kommt nur reichlich aus den Kanzlein,
das haben wir schweigend zu schlucken.

So haben uns diese Herren vereint:
die Prügel bekomm' wir gemeinsam
mit dem Verleger, dem alten Feind.
Wir leiden jetzt weniger einsam.

Das Verleger-Erschießen war eine Freud
zu Ihrer Zeit, Heine, aber
wir lassen sie für uns arbeiten heut
und setzen auf homo faber.

Berlin, am 4. 11. 87

Lieber Elmar Faber,
um einen möglichst vorderen Platz in der zweifellos langen Schlange einzunehmen, bitte ich Sie bereits heute, mir je ein Exemplar der für 1989 geplanten *Sämtliche Gedichte der Friederike Kempner* sowie des *Geheimnis der alten Mamsell* der unsterblichen Marlitt zu reservieren. Ich gehöre zu den ergebensten Bewunderern jener Künste, die diese beiden Damen beherrschten.
Mich treibt also keine „Polpoterie", wenn ich mir erlaube anzufragen, wieso diese beiden Bücher im Aufbau-Verlag erscheinen. Ich zweifle nicht daran, daß ein ebenso gewichtiges Vor- oder Nachwort eines gleichbedeutenden Autors diese Bände begleiten wird wie seinerzeit bei der sächsischen Nachtigall Karl May. Warum aber im Aufbau-Verlag bzw. in seinem stolzen Beiboot Rütten & Loening?
Seit einigen Jahren präsentieren plötzlich all unsere Verlage im putzigsten Format die bunten Blumen vom krausen Rand der deutschen Literatur. Und die riesigen Löcher der gewichtigeren deutschen Literatur allein der letzten drei Jahrhunderte, hat man sich so an sie gewöhnt, daß sie kaum noch stören? Ist Aufbau oder Rütten & Loening wirklich ein Verlag für diese netten Nichtigkeiten? Sollte nicht besser dafür ein zweites Beiboot gegründet werden, in dem dann auch endlich Agnes Miegel und Kristiane Allert-Wybranietz erscheinen können; also eine weitere Vergrößerung des Verlages, etwa: „Aufbau-Verlag, Rütten & Loening, Herz & Schmerz"?
Oder sollte dieser hübsche Kleinkram – den wir z. B. lieben, verehren und kaufen – nicht einem anderen Verlag überlassen werden? Jedenfalls so lange, wie noch solch gewichtige Löcher in unserem Literaturangebot sind. Löcher, für die Aufbau und vor allem Aufbau zuständig ist.
(Schließlich fehlt bei uns auch noch *Penthouse* und *Playboy*. Und obgleich ich potentieller Abonnent dieser Zeitschriften bin, sie

gehören, meine ich dennoch, nicht zu Aufbau, sondern eher in den Militärverlag.)
Also nichts gegen Marlitt und Kempner und *Penthouse*, und keinesfalls ins Nichts mit ihnen, sondern in den richtigen Verlag. Und die für diese Damen geplante Exemplarzahl kann doch wohl nur bedeuten, daß
der Aufbau-Verlag aus jedem Schneider ist, was Papier betrifft, keiner seiner Autoren mehr mit dem Drohwort „Papierkontingent" in ein beengendes Korsett gezwängt wird, und
wir Autoren künftig den Bittstellern nicht unser letztes Belegexemplar zu übergeben haben, sondern sie kühl zur nächstgelegenen Buchhandlung verweisen können.

Mit freundlichen, aber auch besorgten Grüßen
Ihr
Christoph Hein
und Dein Hermann [Kant]

In der Planwirtschaft der DDR wurden den Verlagen jedes Jahr vom zuständigen Ministerium sog. Papierkontigente zugewiesen, und zwar ungleich den eigentlichen betriebswirtschaftlichen Abläufen oder gar Marktbedürfnissen. Somit erschien eine Vielzahl von Büchern nicht in den angemessenen Auflagen, was bei einer Reihe von Autoren auch zu finanziellen Einbußen führte.

Berlin, am 4. 11. 1987

Lieber Christoph Hein,
dieser Tage ist im Aufbau-Verlag Ihr erregender Essay-Band *Öffentlich arbeiten* erschienen. Den Titel gab ihm ein kleiner Aufsatz von kaum vier Druckseiten, der es freilich in sich hat. In Ihren Erörterungen über eine uneingeschränkte Kultur in einer uneingeschränkten Öffentlichkeit finde ich – natürlicherweise – auch Probleme vereinnahmt, die mich als Verleger seit langem bewegen. Die Beglückungen und Bedrückungen, von denen die Rede sein soll, kreisen um ein zentrales Thema. Es lautet: Literatur und Publikum.
Man könnte es sich einfach machen und die erstaunlichen Zahlen hersagen, die häufig zur Charakterisierung unserer Literaturgesellschaft herangezogen werden. Gemeint sind die 6500 Titel, die jährlich die Verlagshäuser in einer Auflage von etwa 140 Millionen Exemplaren verlassen und den Pro-Kopf-Verbrauch der Bevölkerung von ca. 8 ½ Büchern auslösen. Gedacht ist an die bald 120 Millionen Bände, die inzwischen in den Bibliotheken einstehen und an deren Ausleihe durch eine steigende Zahl von Benutzern. Zu notieren wäre die scheinbar unverminderte Leselust, die man vom ersten Schuljahr bis ins hohe Rentenalter wahrnimmt, wenn man in literarischen Angelegenheiten über Land fährt. Man könnte es sich also einfach machen und recht zufrieden sein, wenn man an das Begriffspaar „Literatur und Publikum“ denkt, wüßte man nicht auch von steigenden Bestandszahlen in den Lagerhäusern des Großhandels, von Bücherstapeln in den Buchläden, die sich nur schwerfällig absetzen, von sich weiter differenzierendem Käuferinteresse, das längst nicht mehr blindlings ins Regal greift, nur um etwas im Korb zu haben. Damit sind wir bei der Sache mit den Bedürfnissen.

Es ist freilich ein eigenartiges Geschäft, mit dem wir es zu tun haben. Wer Bücher schreibt und Bücher verlegt, will dem Geist einen „Markt“ schaffen. Das ist eine verwegene Sache. Dazu gehört Geist, und dazu gehört eine geistig aufgeschlossene Gesellschaft. Selbst wenn wir annehmen, von beiden sei immer und an allen Stellen reichlich genug vorhanden, bleibt es bei der Beförderung von Literatur an Publikum fraglich, ob sich ein äußerer Erfolg einstellt. Deshalb lassen Sie mich die Überzeugung ausbreiten, daß äußerer Erfolg nicht, und schon gar nicht alleiniger Maßstab unserer Arbeit sein kann. Ich will das mit einem kurzen Abstecher in die deutsche Verlagsgeschichte belegen. So wissen wir beispielsweise, daß Kurt Wolff von Büchern von Franz Kafka nach Jahren nur 800 Exemplare abrechnete, die Jahrzehnte später europäische Bestseller geworden sind. Rowohlt verzichtete auf Grund mangelnder Absatzzahlen auf Isaac Singer und bereute den Entschluß bitter, als dieser zum Weltautor aufstieg und den Nobelpreis erhielt. Nach García Márquez' *Unter dem Stern des Bösen* krähte kein Hahn, als dieses Buch 1966 im Aufbau-Verlag erschien und an *Hundert Jahre Einsamkeit* noch nicht zu denken war. Also ergibt sich: Wie die Literatururteile vom Publikum auch immer ausfallen, für den Verleger bleibt es wichtig, vom Rang des Dichters überzeugt zu sein. Das ist für ihn das Wesentliche. Denn ein Verlag lebt von den Büchern, die gehen, und von jenen, die liegenbleiben. „Sie und wir wissen", schrieb einmal Kurt Wolff an Franz Kafka, „daß es gemeinhin gerade die besten und wertvollsten Dinge sind, die ihr Echo nicht sofort, sondern erst später finden", und dies sollte ein wichtiges Motiv jeglicher Verlegerkonfession bleiben.

Dies klärende Bekenntnis gehört an die Spitze, bevor man Wahrnehmungen kolportieren kann, die von den Lesern ausgehen und die wertvoll genug erscheinen, notiert zu werden. Im literarischen Stoffwechsel der Zeit empfindet sich der Verleger als eine Art Seismograph (sogar das Dingliche des Begriffs stimmt), von dem die Regungen des Publikums sorgfältig registriert werden. Da man voraussetzen sollte, daß er immer auch ein wenig die Literatur kennt, in unserem Falle die zeitgenössische schöngeistige Literatur, von der allein hier die

Rede sein wird, tut sich ihm heute häufiger als in den Jahren zuvor ein merkwürdiger Widerspruch auf. Auf den Punkt gebracht heißt das Problem, bewegt sich die Literatur nach eigenem Gesetz und produziert sie, was sie will ohne Rücksicht auf das Leserbedürfnis, oder: Gibt es einen Geschmack der Autoren und einen anderen vom Publikum?
Ein paar Beispiele:
Tatsächlich gibt es auf dem Buchmarkt seit längerem eine drängende Nachfrage nach Biographien, Autobiographien, Tagebüchern, Protokoll- und Briefbänden etc., nach allem also, wozu wir Verleger Halbbelletristisches sagen. Ich vermerke das als ein Indiz für das gesteigerte Interesse von Publikum an authentischer Literatur, aus der ein Zeitgeist spricht und von der, wenn Sie so wollen, die Fäden unserer kulturgeschichtlichen Einbettung aufgedröselt werden. Das hat meist mit Vorgeschichten und mit den größeren Entwürfen unseres Lebens etwas zu tun. Ich weiß, daß die Hinwendung der Leser zu diesem Literaturzweig in einem direkten Zusammenhang steht mit einem gewissen Narzißmus, in den sich ein Teil unserer Literatur eingesponnen hat, mit den klitzekleinen Geschichtchen, die angeboten werden, und den kleinkarierten dazu, so daß man leicht vergißt, daß es auf der Welt neben den Pissoirs von Paris auch noch die hängenden Gärten von Semiramis oder den Turmbau von Babel gegeben hat. Jetzt sagen Sie nicht einfach, daß sei sarkastisch zugespitzt. Es ist die Regung von Publikum, und es betrifft – das sei rasch eingestanden – eine Tendenz in unserer Literatur, aber eine auffällige, bei der die Belanglosigkeit der Stoffe in einem eigenwilligen Wettstreit mit der Unverständlichkeit der sprachlichen Form steht, in der diese dargeboten werden. Es ist das eine Feststellung, nichts weiter, eine Bedrückung ist es nicht. Bedenklich wird es vielleicht nur, wenn sich diese Art des Schreibens gerade bei jungen Autoren als Manier einzubürgern beginnt. Vollends bestaunenswert erscheint es mir dann, wenn die Autoren, die sich bewußt auf literarische Vereinzelung kaprizieren, es als mysteriös empfinden, daß ihre Bücher nur

kleine Auflagen haben und selbst diese schwer abzusetzen sind, und wenn sie obendrein die Erfolgreichen auch noch beargwöhnen. Dabei hat es doch seine tiefe Bewandtnis, daß uns nach Büchern von Christa Wolf und Stephan Hermlin, von Hermann Kant, von Erwin und Eva Strittmatter, von Christoph Hein, von Heinz Kahlau oder Günther Rücker die Türen eingerannt werden. Von ihrer Dicht- und Erzählkunst können sich viele Leser forttragen lassen, manchmal wider Willen, dort findet eine Masse von Publikum etwas für Herz oder Verstand und wenn es gut geht für beides, dort spürt man den Atem der Zeit und man hat selbst Zeit zum Ein- und Ausatmen, weil man nicht wie ein Gehetzter einer unauffindbaren Fabel nachjagen muß. So oder so ähnlich reagiert Publikum momentan auf Literatur und honoriert die Bücher seines Geschmacks mit den entsprechenden Absatzzahlen. Insofern ist Öffentlichkeit – und hier modifiziere ich den Gedanken Ihres Essays *Öffentlich arbeiten* – doch eine Bewegungsform von Literatur und nicht nur deren Voraussetzung.

Nur gemach, werden Sie mich jetzt mahnen, und ich kehre auch gleich zu meinem Eingangsgedanken zurück. Natürlich sind mir als Verleger Kenntnis und Erfahrung darüber immer gegenwärtig, daß nicht nur das gute Literatur ist, was vom Publikum gutgeheißen wird. Es ergäben sich sonst die kuriosesten Konstellationen. Eine Blütenlese der erfolgreichsten Bücher nur unseres Jahrhunderts würde uns Augen und Ohren offenstehen lassen. Diese heikle Erfahrung führt zu einem goldenen Kern: Die Literatur ist unteilbar, unteilbar wie der Geschmack des Publikums. Ich darf, so glaube ich und als Verleger zumal, beiden nicht irgendwo eine Ecke oder Kante abzuschneiden versuchen. Denn wer sagt, daß der Geschmack von hundert Leuten nicht übermorgen oder zwei Jahrzehnte später schon der Geschmack von Hunderttausenden ist? Und der Geschmack von Tausenden zehn Jahre später nicht schon das Geheimnis einer akademischen Bruderschaft? Mir fallen gleich viele Namen ein, wo sich dazu Geschichten erzählen ließen. Denken Sie nur einmal an den frühen Majakowski oder an Arno Schmidt. Ich finde, die Literatur ist ein spröder Gegenstand, dem – wenn überhaupt – nur mit Feingefühl beizukommen ist. Und mit Geduld. Man muß sie erst einmal gelten lassen. Und dann wird man sehen, was daraus werden kann. Würden Sie das als eine weitere, wenn auch widerspruchsvolle „Verlegerweisheit“ ansehen können?

Das Thema „Literatur und Publikum“ stellt die Frage nach unser aller Aktivitäten. Ich erinnere mich an Brecht, daß er einmal, auf Kunst bezogen, gefordert hat, den kleinen Kreis der Kenner zu einem großen Kreis der Kenner zu machen, weil Kunst Kenntnisse brauche, wenn sie zum Genuß führen solle. In unserer Gesellschaft ist viel dafür getan worden, Brechts Vorschlag zu realisieren. Aber es gibt auch Rückstände.
Was die Literatur betrifft, so muß sie öffentlich verhandelt werden, denn sie behandelt unsere öffentlichen Angelegenheiten. Ich lasse die Kritik beiseite, da sie nicht mein Metier ist. Dennoch finde ich, daß sie viel besser geworden ist als ihr Ruf, seitdem sie aufgehört hat, die Literatur in Gut und Böse zu teilen und das Erscheinen von Büchern bekannter Autoren einfach zu verschweigen. Aber wo bleibt das Fernsehen? Sie haben ihm in Ihrem Essay einen Denkzettel verpaßt, was seinen Umgang mit der gesamten Kultur angeht. Die hanebüchene Abwesenheit von Buch im auffälligsten Massenmedium unserer Zeit ist freilich damit noch längst nicht behoben. Auch die Verlage müssen wieder lernen, mehr zu tun für die Publizität der Literatur. Häufig weiß der Leser, der die Literatur liebt und der literarisch lebt – jetzt kommt das scheinbare Paradoxon –, nicht genug von der Literatur, die es überhaupt gibt. Er hat einen Mangel im Blick, weil er oft auf ein Buch fixiert ist, das es nicht gibt, und er weiß nicht, daß drei ebenbürtige andere danebenstehen, die er auch gelesen haben müßte. Wer will's ihm verübeln, daß er manchmal gar Autoren von Weltrang nicht kennt und nicht deren Bücher, und nicht wie sie entstanden sind. Wir geben ihm zu wenig Informationen über die Vorgeschichten von Literatur und über die Resonanzen,

die sie auslöst. So brauchen wir uns nicht zu wundern, daß er junge Autoren manchmal gar nicht aufspürt. Viele gute Gewohnheiten der Bücherwelt haben wir herunterkommen lassen. Kaum mehr ein Sonderprospekt, fast keine Bücherplakate, frühe Lese-Exemplare Wochen vor Erscheinen eines Buches klingen wie ein Wort aus dem Vokabular eines fremden Sterns, und so ließe sich aufzählen und aufzählen ... Manches haben wir aus purer Bequemlichkeit eingebüßt, die sich hinter dem technischen Fortschritt versteckt; jedesmal haben wir ein Stück Selbstwertgefühl verloren. Die vielen Unsicherheiten, mit denen Sie heute beispielsweise in einen Buchladen gehen, haben ja auch mit dem schmerzhaften Verlust an historischem Zeremoniell zu tun, das uns einst in diesen Wunderkammern des Geistes entgegengekommen ist. Oder ist Ihnen jüngst ein literarischer Kommentar geliefert worden zu dem Buchkörper, den Sie in Ihren Korb legten? Trafen Sie den aufsässig lesenden Buchhändler, der nicht davon ablassen wollte, Ihnen ein Buch anzudrehen, weil es ihn selber überwältigt hatte? Wurden Sie über eine Verlagsreihe aufgeklärt? Wir wollen nicht die Kraft übersehen, die in den Vertrieb von Büchern gesteckt wird, und wir wollen nicht die beeindruckenden Leistungen übergehen, die hinter dem Umsatz von siebenhundert Millionen Buchware und mehr jedes Jahr stehen, das will erst einmal bewältigt sein, aber wir wollen auch nicht vergessen, daß sich ein Buchladen von allen anderen ehrenwerten Handelseinrichtungen unterscheiden muß wie *Der Zauberberg* oder *Der fremde Freund* von einem Rindsfilet oder einem Popelinehemd, denn wenn sich dieser Unterschied zu verwischen droht, dann steht es nicht nur schlimm um das Buch und den Buchhandel, sondern um uns alle.

Wenn wir, lieber Christoph Hein, über das Verhältnis von Literatur und Publikum nachdenken, dann möchte ich zum Schluß nicht restlos die kunstvolle Architektur der Bücherwelt außer acht lassen, in die jegliche Literatur eingebaut wird. Mancher Leser kauft ein Buch, weil es in einem bestimmten

Verlag oder in einer bestimmten Verlagsreihe erschienen ist. Der Autor ist Nebensache. Es ist eine Zuspitzung, aber sie kommt der Wahrheit nahe, und sie will sagen, daß Literatur häufig auch über die ästhetische Form des Buchkörpers ans Publikum herangebracht wird. Wir müssen deshalb alle, die wir in dem Metier heimisch sind, die Buchkultur pflegen wie jede andere Kulturleistung auch, und wir müssen Widerstand leisten, wenn wir sie – meist durch technische Parameter bedingt – einem Kahlschlag ausgesetzt glauben. Gerade an dieser Stelle müssen wir zäh bleiben wie die Katzen. Hat sozialistisches Publikum schon Anspruch auf die ganze Literatur, so soll es wenigstens einen Verzicht leisten, den auf schlecht gemachte Bücher.

Ich grüße Sie herzlich
Ihr
Elmar Faber

Berlin, am 6. 11. 87

Lieber Elmar Faber,
wunderbar: eben erhielt ich Ihren schönen Aufsatz. Ich denke, mit diesem Auftakt hat unser Unternehmen Aussicht auf Gewinn (und seis nur für uns beide).
Nur, ich sehe, Sie setzen Aussage und Negation der Aussage (als Frage) gleich selbst. Ein Gesamtautor (wie wir zwei) muß eine gewisse Rollenverteilung vornehmen. Wenn Sie den Faust und den Mephisto spielen, bleibt mir nur das Gretchen oder der Schüler. Erwarten Sie von mir also etwas in dieser Art?
Gestern sprach mich ein Mann vom *Sonntag* an (zwecks eines uns einenden Fotos). Als er vom Stand unseres Briefwechsels hörte, sagte er gleich, wir hätten nun Zeit, als Beitrag zur „Kongreß-Nummer" ists bereits zu spät. Auch gut. Bringen wir also eine weihnachtliche Note hinein.
Mit der Post kam der beiliegende Brief. Bitte geben Sie mir rasch Bescheid, ob
Sie selbst für den 18./19.12. ein Zimmer für sich bestellen,
ich das Zimmer in Weimar vom 19. zum 20.12. benötige,
ich die Lesung am 19.12. um 15.30 Uhr akzeptieren kann oder absagen soll.
Eine Karte für die Premiere bestelle ich für Sie.
Herzlich

Ihr
Christoph Hein

Der *Sonntag* war eine 1946 gegründete kulturpolitische Wochenzeitung, die in Berlin bis November 1990 erschien und vom Kulturbund der DDR herausgegeben wurde.

Mit der „Kongreß-Nummer" meint der Autor die Ausgabe, die sich insbesondere dem X. Schriftstellerkongreß der DDR widmen sollte, der vom 24. bis 26. November 1987 in Berlin stattfand und auf dem CH seine bemerkenswerte Rede hielt: *Die Zensur ist überlebt, nutzlos, paradox, menschenfeindlich, volksfeindlich, ungesetzlich und strafbar.*

o. O., am 9. 11. 87

Lieber Elmar Faber,
hüten Sie sich. Sie wollen etwas verbessern, was nicht gebessert werden will. Sie verweisen klagend auf Verluste, mit denen es sich offenbar gut leben läßt. Sie wünschen sich eine Qualität der Verlage, der polygraphischen Industrie, des Buchhandels und des Buchs, von der jene Ausgaben unserer Väter und Vorväter zeugen, die – so sie nicht in Ihrem und meinem Bücherschrank stehen – derzeit als Reisekader West ihre staatsbürgerliche ökonomische Pflicht erfüllen.
Sie wissen, daß ich – in den Fußstapfen der Brüder Grimm – Tag für Tag durch die Straßen laufe und mir Märchen erzählen lasse. Und – wie die beiden Brüder – strecke und dehne ich die so erfahrenen Märchen, rühre den Brei mit gefärbtem Wasser und bekömmlicher Moral zu einem dickeren Manuskript an, das ich dann mit meinem Namen versehen in den Aufbau-Verlag bringe.
Jüngstens erzählte mir das Volk folgendes Märchen: Es war einmal ein kleines Land, welches wie die größeren und großen Länder Autos herstellte. Aber während in der ganzen Welt die Autoindustrie über den Verkauf klagte und beständig ihre Modelle verbessern mußte, um noch einen Käufer zu finden, hatte das kleine Land großes Glück.
Es stellte zwei Autos her, die offenbar so schön und so makellos und so vollendet waren, daß jeder Mensch in diesem Land eins dieser Autos zu besitzen wünschte. Und wie viele Autos das kleine Land auch herstellte, es half nichts, sie reichten nicht hin und schon gar nicht her. Die Leute standen in langen Schlangen geduldig oder weniger geduldig an. Sie vernachlässigten die Frau und die Kinder, den Beruf und selbst das Theater, um eins der Autos kaufen zu können. Sie standen zehn Jahre und länger vor dem Tor der Autofabrik, bis sie endlich – sehr gealtert, aber glücklich – mit ihrem Auto nach Hause fahren konnten.
Unglücklich war nur der Direktor der Autofabrik.

Nachts zwar hatte er die schönsten Träume. Einmal träumte ihm, daß man die Aschenbecher in seinen erfolgreichen Autos verbessern könnte. Ein andermal zeigte ihm eine Fee gar, wie man ein Türschloß produziert, mit dem man sein Auto tatsächlich auf- und zuschließen kann. Wenn der Direktor frühmorgens erwachte, war er wohlgemut und fest entschlossen, den traumhaften Aschenbecher und das feengleiche Türschloß in seine Autos einzubauen.

Doch wenn er dann vor seiner Fabrik die wartenden, unrasierten Männer sah und ihre übernächtigten, sehnsüchtigen Augen, wurde ihm klar, daß Träume nur die Arbeit behindern. Denn es würde Zeit kosten, wenn er an seinen so heiß begehrten Autos etwas verbessert, Zeit, in der er keine Autos oder nicht mehr so viele herstellen kann. Und weinend verabschiedete er seine Träume und produzierte wie bisher die Autos, um sie rasch – mit oder ohne Aschenbecher und Türschloß – den Wartenden auszuhändigen.

Ich denke, wenn ich dieses Märchen noch mit einem positiven Helden und einer netten Moral versehe, kann es ein hübscher 500-Seiten-Roman werden, den ich Ihnen in Jahresfrist liefere. Den Erfolg kümmert nicht seine Herkunft, daher können sich so viele Väter melden. Und nichts ist tödlicher als der Erfolg. Wenn wir nicht mehr verstehen, uns gelegentlich zu ruinieren, werden wir in unserem Fett erstarren.

Warum soll ein Verlag sich Gedanken über die Präsentation, den Körper seiner Bücher machen, solange er – fast problemlos – alles verkauft? Wie können wir über die Qualität des Papiers klagen, solange wir dankbar sein müssen, irgendein Papier zu bekommen, um unsere Bücher zu drucken? Und mich über den Buchhandel zu beschweren, wage ich schon gar nicht, da ich stets unterwürfig und demütig vor meine Buchhändlerin trete, um mir nicht ihre Gunst und künftig alle Bücher der Welt zu verscherzen.

Erfolg ist also ein zweischneidiges Schwert. Und Sie haben recht, ein Maßstab für Qualität ist er keinesfalls. Die von Ihnen genannten Beispiele sind keine Ausnahmen. Und wenn mich für

meine Zukunft etwas verunsichert, so ist es der Umstand, daß diese und jene meiner Arbeiten Erfolg hatten. Es tröstet mich nur die gleichfalls erwiesene Tatsache, daß selbst der Mißerfolg nichts besagt. (Und nur, wem seine gestrige Rede heute nichts mehr bedeutet, wagt es, mit Sicherheit Urteile zu fällen. Aber von den Kritikern wollen wir schweigen.)
Sie fragen, ob es einen Geschmack der Autoren gibt und einen anderen des Publikums. Selbstverständlich. Aber wollen wir statt von Geschmack von Ästhetik sprechen, denn ich z. B. besitze das eine wohl, aber nicht das andere. Mit Notwendigkeit muß der Produzent (von Büchern, Autos, Käse) eine andere Ästhetik, einen anderen Sachverstand haben als der Konsument. Anderenfalls könnte er nur die Verlängerung des ewig Gleichen produzieren und anbieten. Er hat durch seine Arbeit zu seinem Produkt ein anderes Verhältnis als jener, der es lediglich nutzt. Das weiß auch der Kunde, und er verläßt sich nicht auf sich, wenn er viel Geld ausgeben will, sondern zieht dann einen Fachmann zu Rate, nutzt möglichst die Erfahrungen eines Produzenten. Und nur bei billigeren Artikeln – Büchern etwa – kauft man unberaten und verläßt sich auf so wundersame Weisheiten wie den eigenen Geschmack oder gar den eines Kritikers. (Aber davon wollten wir nicht reden.)
Wenn ein Autor schnelle und allgemeine Zustimmung erfährt, so stimmen Publikum und Autor in ihren Meinungen offenbar überein. Aber das ist auch alles und besagt wenig, alles weitere entscheidet sich einige Jahrzehnte später. Und wenn vor 70 Jahren allenfalls 800 Leute Kafka zustimmten – und selbst das ist fraglich, denn gewiß hat die Hälfte seiner damaligen Leser eine saure Miene gezogen, so sagt das auch nichts, hat er doch inzwischen ein paar Leser mehr für sich gewonnen.
Aus eben diesem Grund bin ich besorgt, jene Autorin und jenen Autor nicht kennenzulernen, die zwar meine Zeitgenossen sind, aber weder von mir noch von den anderen Lesern erkannt werden. Und das, obgleich ein späteres Publikum diese Leute als die einzigen wirklichen Zeitgenossen unserer Zeit ansehen und über uns die Nase rümpfen wird.

Ein unverständlicher Text ist ein Text, der auf unser Unverständnis trifft, mehr nicht. Aus der Geschichte gewarnt, werde ich daher zuerst mein Verständnis bezweifeln, aber nicht den Text. Als ich vier Jahre alt war, sagte mir Shakespeare wenig, heute fast alles. Und so hoffe ich, daß, wenn ich 400 bin, ich noch etwas mehr Verstand habe, um vormals mir Unverständliches zu begreifen.
Mit dieser Haltung, werden Sie einwenden, sind keine Bücher zu machen, ist kein Verlag zu leiten. Gewiß, und daher werden Sie sich auf Ihre Ästhetik, Ihre Einsichten, Ihr Kunstverständnis verlassen müssen. Anders könnten Sie sich nicht für Ihre Bücher einsetzen. Aber jene Texte, die sich Ihren oder meinen Maßstäben entziehen oder vor ihnen versagen, stellen – und das sollten wir nie vergessen – immer unsere Maßstäbe in Frage, zu Recht oder zu Unrecht.
Mit größter Behutsamkeit und fast ängstlicher Besorgnis aber sollten wir uns den Texten der neuen Generation nähern. Hier trennen uns möglicherweise nicht nur verschiedene Ästhetik, sondern überdies andere Erfahrungen. Ein Nein ist da eine nicht ausreichende Reaktion, wir sollten – um unserer selbst willen – eifrig nach einem möglichen Ja suchen; wenn es uns nicht möglich ist, dann vielleicht dem aufgeschlosseneren Nachbarn. Ein Nein enthebt uns nicht unserer Verantwortung, wie uns die Geschichte der Literatur mahnt.
In Ihrem Brief finde ich frohe Botschaft. Die Kritik, schreiben Sie, ist viel besser geworden. Das ist eine gute und wirklich neue Nachricht. Versuchen Sie doch bitte, um dieses Evangeliums willen Ihren Brief in eines unserer Blätter einrücken zu lassen, die ansonsten so wenige Neuigkeiten zu verkünden haben. Freilich, den Satz höre ich in den letzten 500 Jahren regelmäßig etwa alle 4 Jahre, jeweils um die Zeit, wenn die Kritiker ihren Kongreß einberufen. Und da die Kritik Jahr für Jahr und Tag für Tag kontinuierlich in die Höhe ging, befindet sie sich wohl derzeit weit über den Wolken und ihr Wohlbefinden ist mir daher entgangen.

Die Kritik habe aufgehört, schreiben Sie, gewisse Bücher zu verschweigen. Das ist völlig richtig, denn wenn sie früher etwas verschwiegen hat, heute übersieht sie gewisse Bücher. Übersehen statt verschweigen, unsere Kritik entwickelt sich. Aber von den Kritikern wollen wir nicht reden, sie sind arg genug dran, da jedermann sie ungestraft „Kritiker" schelten kann und sie es zu schlucken haben. Auch ist manches Menschliche an ihnen zu bemerken, denn wie die alten Chassidim sagten: ein Kritiker lebt und lebt und lebt, und schließlich stirbt er dann, und genauso ergeht es dem Menschen.
Ich empfehle mich dem Schutzpatron der deutschen Autoren und hoffe, Sie widmen sich künftig der wirklich brennenden Frage unserer Zeit: der Autor und sein Honorar.
Herzlich

Ihr
Christoph Hein

Die beiden in der DDR produzierten Automarken waren der *Trabant*, der seit 1958 in den Automobilwerken in Zwickau/Sachsen, und der *Wartburg*, der seit 1956 in den Automobilwerken Eisenach/Thüringen gefertigt wurden. Da die Produktion keinesfalls die Nachfrage befriedigen konnte, entstanden mit den Jahren enorme Wartezeiten und ein „schwarzer Markt", der die beiden Marken z. T. zu horrenden Preisen handelte.

Anders als sonst üblich wurden die Buchhändler der DDR nicht den realen Bestellzahlen entsprechend mit Büchern beliefert, sondern erhielten nach einem besonderen Zuweisungsschlüssel Exemplare, die häufig nicht ein Zehntel der realen Nachfrage der Buchhandelskunden abdecken konnten. Dies führte zur sog. „Bückware". Es war also für viele Leser ratsam, ein sehr gutes Verhältnis zu den Buchhändlern und Buchhändlerinnen zu pflegen.

Berlin, am 7. 1. 88

Lieber Elmar Faber,
vor drei Tagen erhielt ich Ihre Karte, heute 300,– Mark vom *Sonntag.* Sprechen Sie bitte viele Zeitungen an: wer nicht druckt, soll zahlen.
Und vergessen Sie bitte nicht, daß so ein feines Blatt wie das *ND* noch nie eine Rezension oder Kritik zu einer Arbeit von mir brachte. Mit den anderen Blättern habe ich auch meine Erfahrungen. Sie müssen sich Ihre Briefpartner besser aussuchen! (Wollen wir derweil weiterführen?, auch *Sinn und Form* wird ein paar Monate überlegen müssen.)
Herzlichst
Ihr
Christoph Hein

CH und EF hatten der Wochenzeitung *Der Sonntag* eine Korrespondenz zum Abdruck angeboten, die später die Redaktion nicht mehr bereit war zu veröffentlichen. Den Akt der Zensur dachte man bei den Autoren heilen zu können, indem man beiden ein Abdruckhonorar zahlte.
Ein Teil der Korrespondenz erschien dann ein Jahr später in der Zeitschrift der Berliner Akademie der Künste *Sinn und Form.*

Mit *ND* meint der Autor die heute noch existierende, im April 1946 gegründete sozialistische Tageszeitung *Neues Deutschland,* die in der DDR das offizielle Sprachrohr der SED war.

Berlin, am 15. Januar 1988

Lieber Christoph Hein,
nun haben Sie herumgeunkt, ich solle mich der wirklich brennenden Frage unserer Zeit widmen – dem Autor und seinem Honorar –, und schon bekommen Sie Geld von einer der führenden kulturpolitischen Zeitungen unseres Landes, ohne daß Sie dort überhaupt etwas veröffentlicht haben. Kann man noch mehr für einen Autor tun?

Freilich war es ein wenig bitter, daß unsere Alltagswahrheiten über das Thema „Literatur und Publikum“, die wir vor dem Schriftstellerkongreß öffentlich auszutauschen versuchten, „sonntags“ nicht veröffentlicht werden durften, aber nun haben wir doch wenigstens die Genugtuung, daß gute Arbeit mindestens gut bezahlt wird, auch wenn sie keinen Nutzen stiftet und keinen Gewinn bringt. Hier sind die Zeitungen offenbar weiter als die Verlage, und ich warne Sie vor übertriebenen Ableitungen. Wir zahlen nur, wenn wir drucken! An dieser Stelle ist der Verleger der königliche Kaufmann geblieben, den ihm schon Cotta nachgesagt hat und dem später Kurt Wolff Vollendung träumte, als er Heinrich Mann einmal begreiflich zu machen versuchte, daß er seinem Verlag die Bücher nicht nur als objects d'art einreihen wolle, sondern daß er zu den cent liseurs, die da sind, auch die cent mille hinzugewinnen müsse. Hier ist, scheint mir, der Wille zu spüren, über den Dingen der Kunst nicht den Käufer zu vergessen und über den Blättern der Literatur nicht den Leser, und schon sind wir wieder geradewegs bei unserem Thema „Literatur und Publikum“.

Zunächst: Schönen und verspäteten Dank noch für Ihren Brief vom 4.11.1987, der komischerweise erst am 14. Dezember bei mir ankam, was die Vermutung nahelegt, daß Sie ihn – längst geschrieben – noch eine Zeitlang mit sich herumtrugen, um ihn schließlich von Hermann Kant noch mit unterschreiben zu lassen. Offenbar schien Ihnen die Besorgnis, die er ausdrücken wollte, der Sekundanz bedürftig.

Von den *Sämtlichen Gedichten der Friederike Kempner*, die 1989 bei Rütten & Loening erscheinen werden, übrigens mit einem glänzenden Nachwort von Peter Hacks versehen, bekommen Sie ein Exemplar, und auch für Hermann Kant wird eins reserviert, wenn Sie ihm das bitte weitersagen wollen. *Das Geheimnis der alten Mamsell* der unsterblichen Marlitt kann ich Ihnen indes nicht warmhalten. Es war irgendwann einmal – Sie kennen die sonderbaren Händel von Literaturliebhabern – auf eine Vorschlagliste geraten und wurde schon beim ersten Anflug zur Bruchlandung gezwungen. Ich hoffe, daß Sie das ein wenig versöhnlich stimmt, weil Sie wahrscheinlich Gelassenheit brauchen, wenn Sie meine Ansichten anhören, die ich jetzt ausbreite.

Verleger sein ist ein immens komplexer Beruf. Ich habe nicht zusammengezählt, wieviele Elemente zusammenkommen müssen, um ihn einigermaßen auszufüllen. Eine Grundregel jedenfalls ist es, daß erst die Summe der Autoren und Bücher das Programm ergibt. Das Gewebe von Literatur, das ein Verlag präsentiert oder das ihn repräsentiert, muß jedes Jahr kunstvoll neu geknüpft werden. Dabei darf nicht unberücksichtigt bleiben – das ist ein strenger Hinweis der Vorfahren –, daß sich beim Umgang mit der Druckerschwärze die schwarzen Hände oft leichter vermeiden lassen als die roten Zahlen. Jedes Verlagsprogramm wird deshalb, gleichgültig welchem Literaturschema es sich verpflichtet fühlt, von manigfaltigen Interessen leben und von kontroversen dazu. Die Kempner ist nicht der geeignetste Gegenstand, aber generell gesehen scheint es mir verdorben, vom krausen Rand der deutschen Literatur zu reden und vom gewichtigen Kern, um plausibel zu machen, daß die Randbewohner der literarischen Provinz erst dann ein Wohnrecht haben, wenn die Kernbewohner alle schon fürstlich untergebracht und eingerichtet sind. Natürlich gibt es in literarischen Gefilden die Sonnen, um die die Planeten kreisen,

aber wir brauchen als Verlage, für den jeweiligen Ausschnitt, den wir uns einmal als Literaturprogramm gewählt haben, das ganze Universum. Es sind schon genug Versuche gemacht worden, mit der akademischen Wünschelrute die Lieblingsbücher von anno dazumal aus den Verlagskatalogen zu vertreiben, nur weil sie in die Nähe oder in den Strom von Trivialliteratur geraten sind. Wir sollten die Fehler nicht wiederholen. Im „Lesekabinett" des Rütten & Loening Verlages beispielsweise dürfen sich Titel einfinden, die man – wenn Sie so wollen – „die andere Klassik" oder „die zweite Reihe" nennt, ohne daß sich Aufbau-Autoren wie Sie oder Hermann Kant gleich verdrossen zeigen sollten. Über Literatur muß man sich auch belustigen können, und überdies dürfen Sie mir Angemessenheit zutrauen. Das Drohwort „Papierkontingent", das Sie wahrgenommen haben wollen, ist keine Erfindung der Verleger; es ist eine Hilfskonstruktion für die Beschreibung von Literaturinteressen, die wir noch nicht maximal befriedigen und die, sollten wir sie übermorgen im Überfluß bedienen können – da wollen wir uns auch gar nichts vormachen –, ganz anders aussehen werden, als wir sie heute wahrnehmen. Lassen Sie also, lieber Christoph Hein, ruhig auch Wünsche und Erwartungen gelten, die Ihnen selbst nicht auf Anhieb behagen. Das klärende Wort Samuel Fischers, daß nur wir Deutschen es seien, die unter der Vokabel Literatur immer nur lediglich „Dichtung" verstehen wollen, hat den Schluß, daß wir auch in diesem Mißverständnis eine weltabgewandte Nation sind. Denn was glauben Sie, was die Leute alles lesen wollen!?
Ich verspreche Ihnen aber, von den verbannten Göttersöhnen und -töchtern bald wieder ins Paradies zurückzukehren.
Bis dahin grüße ich
Sie herzlich
Ihr
Elmar Faber

Berlin, am 16. 2. 88

Lieber Elmar Faber,
Mißverständnisse beleben die Diplomatie, verhelfen dem Rechtsanwalt zu seinen Brötchen und fördern den Briefwechsel. Sie wollen mich zu meiner Ansicht überreden: Sie werden Erfolg haben. Auch ich ziehe das ganze Universum einem bloßen Ausschnitt vor. Und die Kempner und die Marlitt bestellte ich, weil die Damen mir fehlen. Warum sonst meine sorgliche frühe Bestellung? Ich lasse doch nicht jeden in meine Wohnung.
Aber selbst die altehrwürdige Astrologie lehrt uns: es gibt die Sterne unterscheidenden Zustandsgrößen, die sich von ihrer Leuchtkraft, Masse, Energie etc. herleiten. Und alles, worauf ich aufmerksam machen wollte, waren ein paar größere Löcher im Sternenhimmel des Verlagsprogramms. Der Aufbau-Verlag muß sich inzwischen an seinem Anspruch messen lassen, diese 40 gerade gefeierten Jahre verpflichten.
Noch ist in unserem Land nicht einmal ausreichend jener deutschen Literatur genügend verlegerische Aufmerksamkeit zuteil geworden, die Opfer des Faschismus wurde. Und diesem Versuch einer Zerstörung deutscher Literatur zu begegnen, ist heute noch – trotz großer Verdienste unserer Verleger – eine aktuelle Aufgabe. Es ist eine Schuldverpflichtung, die wir übernehmen mußten und die wir zu erfüllen haben, weil wir anderenfalls an dem Versuch einer Verbrennung, Verbannung, Vertreibung, Vernichtung beteiligt sind. Und bislang ist diese Arbeit nur für wenige geleistet, für Autoren wie Becher, Brecht, die Manns, Seghers. Aber was ist mit den Arbeiten von Autoren wie Mehring und van Hoddis, Jahnn und Ottwald, Jung und Goll, Friedländer und Wegner? Und jene Autoren, deren Namen hier kaum noch bekannt sind wie Haringer und Kramer und Kornfeld?
Die Reihe ist erschreckend leicht fortzusetzen. Und dann jene Generation, die mittelbar durch das 3. Reich preisgegeben wurde, deren Namen nach ihrem Tod von den Nazis gelöscht wurden und die noch heute für uns namenlos sind. Ich muß

Ihnen nicht weitere Namen nennen, Sie kennen sie besser und vollständiger als ich. Aber Sie wissen auch, daß diese Leute einem wirklichen Vergessen anheimfallen, wenn unser ausgehendes Jahrhundert nicht mehr seiner Verantwortung nachkommt. Es waren doch nicht nur 10 Autoren, die aus dem Land getrieben wurden, es waren nicht nur zwei Dutzend Leute, denen für fast zwei Jahrzehnte auf die deutsche Kehle getreten wurde und die einem – teilweise offenbar anhaltenden – Vergessen preisgegeben wurden.
Und ein neuer, moderner Schuldenberg häuft sich an: Schmidt, Wiener, Johnson usw. Und über die Jahrhunderte davor ist zu reden, denn mit den vier Namen Lessing, Goethe, Schiller, Heine ist bestenfalls ein mangelhafter Literaturunterricht zu machen, aber kein Verlag. (Und selbst diese Autoren sind in unseren Buchhandlungen nicht zu finden.) Wie schön, daß Aufbau nicht noch für die ausländischen Autoren einzustehen hat.
Und nun halte ich daran fest, von einem „krausen Rand der Literatur" zu sprechen. Und es drängt mich dazu nicht die altdeutsche, akademische Unterscheidung von Hoch- und Trivialliteratur, sondern lediglich ein Wissen von Schuld und Verlust. (Und auch die Betrachtung der aktuellen Buchproduktion, die diesen hübschen und leicht verdaulichen Blüten neuerdings viel Aufmerksamkeit schenkt. Ich freue mich sehr darüber, weil ich selbst diesen krausen Rand sehr schätze und weil Aufbau nun seinen Verpflichtungen um so eher genügen kann.)
Ein Argument beeindruckt mich als Möchtegern-Verleger schon: die roten Zahlen. In unserem Ländchen, in dem ein ausführliches Überblicken der Buchmesse in zwei Stunden möglich ist, darf es keine roten Zahlen für einen Verlag, lediglich für einzelne Titel geben. Letzteres ist sogar notwendig: ein Verleger, der nur verkäufliche Ware herstellen will, ist bestenfalls ein Buchverkäufer. Zu einem Verleger gehört Engagement, und das steht häufig gegen die Zeit. Ladenhüter sind auch ein Beweis der Existenz von Verlegern und

Buchhändlern, von Personen, die gegen zeitgemäßen Analphabetismus stehen. Buchkonzerne und Buchwarenhäuser kennen keine Ladenhüter, sie tilgen sie.
Aber hat der Aufbau-Verlag tatsächlich Grund zur Sorge? Wo drohen die roten Zahlen? Ich z. B. komme seit neuestem nicht einmal mehr in meine Buchhandlung hinein, da man sich dort – um das Gedränge im Laden zu beenden – einfallen ließ, die potentiellen Käufer vor der Ladentür auf einen Einkaufskorb warten zu lassen. Bei einer so kleinen Buchhandlung wie hier in Weißensee bedeutet das, man hat 20 bis 30 Minuten zu warten. Und für einen Buchhandlungs-Flaneur wie mich, der nur etwas schauen und schnuppern will und selten kauft, ist das das Ende eines Vergnügens. Ein Voyeur lehnt es ab, sich anzustellen, wenn er seiner Passion frönen will. Und wozu auch sollte ich mich anstellen, die Regale sind mäßig gefüllt, die Buchhändlerinnen bedauern, können mir aber leider das Gewünschte nicht mehr geben. Als Buchkäufer kann ich den von Ihnen genannten roten Zahlen keinen Glauben schenken. Ich bitte da um Unterrichtung. Weisen Sie dem Thomas die Wundmale.
Herzlich

Ihr
Christoph Hein

Der Aufbau-Verlag wurde am 18. August 1945 in Berlin gegründet. 1985 begingen die Mitarbeiter des Verlages mit vielen Autoren, Buchhändlern und anderen Gästen dieses 40jährige Jubiläum, auf das CH anspielt.

Berlin, am 28. März 1988

Lieber Christoph Hein,
ich war zur Leipziger Buchmesse, einer Veranstaltung mit vielen Erlebnissen und vielen Mißverständnissen, über die noch zu reden sein wird. Dann war ich auf Schloß Burgk, dem Worpswede der DDR, zur Feier von Lothar Langs 60. Geburtstag. Die halbe DDR-Kunstwelt war dort versammelt. Ich lieferte als Laudatio eine Replik auf die Befindlichkeit der Kunstkritik. Wahrscheinlich sehr anmaßend. Aber sehr lustig. Das sind Gründe, die Sie veranlassen sollen, meine späte Antwort auf Ihren Brief vom 16. Februar 1988 zu entschuldigen. Sie wissen ja, die Bedrückungen des Alltags!

Freilich haben Sie recht, wenn Sie bei den Verlegern Autoren anmahnen, die bislang keine ausreichende Präsenz in den Verlagsprogrammen gefunden haben. Ich teile Ihre Ungeduld, mit der Sie Bücher von Mehring und van Hoddis, von Jung und Friedländer und von vielen anderen erwarten, und ich weiß, daß die Namensreihe auszubauen ist, die in unseren Offerten Platz sucht, um Gustav Regler und Ernst Glaeser, um Gottfried Benn und um Dutzende mehr, und Sie können sicher sein, daß ich etwas mit dafür tun will, diese Autoren der Vergessenheit zu entreißen. Oft verbergen sich ja hinter den Namen und Werken schwere Schicksale. Manche wurden von der Naziherrschaft so schwer und unheilvoll gebeutelt, daß die folgende friedenszeitliche Literaturgeschichtsschreibung nichts mehr mit ihnen anzufangen wußte, nichts Gutes und nichts Böses. Späteren Grenzüberschreitern in den Gefilden der Literatur ging es nicht viel anders.

Ich bin ziemlich sicher, daß Sie schon davon gehört haben, daß Aufbau im nächsten Jahr eine neue Bibliothek gründet, die „Bibliothek deutschsprachiger Literatur des 20. Jahrhunderts“ – vorläufiger Arbeitstitel –, gewissermaßen eine Bilanzbibliothek, in die nicht nur erzählende Literatur aufgenommen werden soll, sondern auch Essayistisches, dann bedeutende Anthologien des Jahrhunderts und philosophische Texte, die Literatur und literarisches Leben tangieren. Dort werden wir auch Verschollenen und Vermißten wiederbegegnen, und wir werden die hinreißend öffentliche Bekanntschaft von Autoren machen, die wir unter einem von der deutschen Geschichte erzwungenen und durchaus einengenden Erbeverständnis bisher nur mit Samthandschuhen angefaßt haben. Soll ich Namen nennen? Wir werden dabei allerdings auch einmal mehr die Erfahrung einsammeln, daß unser Publikum – wie das auch immer zu motivieren sein mag – mit manchen Namen wirklich nichts mehr anzufangen weiß. Oder soll ich Ihnen sagen, wie lange Bücher von Wilhelm Klemm oder Gustav Landauer in den Regalen herumgestanden haben? Oder wie spröde dem jüngst erschienenen, freilich längst überfälligen y Gasset begegnet wurde? Hier findet ein Publikumsverhalten seinen Ausdruck, das einer bestimmten Art des Lesens unkundig geworden ist, und wir haben das sicher mitverschuldet, aber es wird auch der tiefe Widerspruch des Denkens offenkundig, der den Anfang des Jahrhunderts von seinem Ende trennt. Sich anspruchsvoll zurückzuträumen, so groß literarische Nostalgie auch sonst geschrieben wird, unterliegt oft der Verweigerung.

Bei allem will ich Ihnen aber auch noch sagen, daß die Verlage mehr getan haben für die ein wenig an den Rand gedrängten Schriftsteller als gemeinhin angenommen wird. Allein in der weißen Reihe des Aufbau-Verlages – Sie sehen, es gibt nicht nur eine weiße Reihe bei Volk und Welt – sind von Mitte der sechziger Jahre bis heute immerhin wundervolle Lyrikbände von Nelly Sachs, Albert Ehrenstein, Gertrud Kolmar, Max Hermann-Neiße, Oskar Loerke, der Lasker-Schüler, von Alfred Lichtenstein und Paul Celan, Wilhelm Lehmann, Ernst Stadler, Georg Heym und Günter Eich und vielen anderen erschienen, und neue Bände sind in Vorbereitung. Auf Hans Arp, Christine Lavant, Maximilian Dauthendey, Theodor Kramer, Walter Rheiner, Alfred Wolfenstein und eine Reihe anderer richten sich unsere lyrischen Erkundungen in der nächsten Zeit. Ich nenne diese erstaunliche Namensreihe ohne Selbstgefälligkeit, ich möchte nur, daß diese Anstrengungen nicht übersehen werden, wenn wir über die Zustandsgröße unserer Erbepflege nachdenken. Vielleicht wird es ein wenig verständlicher, wenn wir uns unter diesem großen Himmel mitunter auch nach einem kleinen Stern umsehen, nach den „Hübschen und leicht verdaulichen Blüten" der deutschen Literatur, wie Sie sagen, die Sie uns aber wohl doch nicht ganz verzeihen wollen. Oder?

Das andere Thema, das Sie in Ihrem Brief anschlagen, lieber Christoph Hein, das mit den roten Zahlen, ergibt Stoff für ein abendfüllendes Programm, und es ist schwerwiegender als Sie es vielleicht als Autor sehen können. Ich komme in Kürze ganz gesondert darauf zurück. Für heute will ich wenigstens zugeben, daß ein Verlag natürlich von den Büchern lebt, die er verkauft, wie von jenen, auf denen er sitzen bleibt. Insofern muß ein Verleger tatsächlich, das ist ein schönes Wort von Ihnen, „gegen die Zeit" an. Freilich muß er wissen, wie lange er sich das leisten kann. Der heilige Zorn über die Möglichkeit, zur Buchverwertungsfabrik zu degenerieren, der uns jedesmal mit der Versuchung überfällt, Ladenhüter loszuwerden oder zu aktivieren, hält auch nicht ewig vor, weil selbst der heiligste Zorn nicht jeden Ladenhüter so qualitätsverdächtig macht, daß er über alle Zeiten hinweg zu retten wäre.
Aber, wie gesagt, ich komme ausführlicher auf die roten Zahlen zurück, denn sie sind ein Begriff, der beileibe nicht allein etwas mit Buchverkauf, mit Absatz zu tun hat. Rote Zahlen, und mehr denn je, gibt es schon bei der Produktion von Büchern und, das ist ein entsetzlicher Bezirk meiner Verlegerideale, bei der Entstehung der Manuskripte in den Werkstätten der Autoren. Wenn ich es nur könnte, ich würde mich gern einmal ausbreiten über Gebrauch und Mißbrauch von Geldern aus unterschiedlichen Förderungsfonds, wo Soll und Haben wirklich nichts mehr miteinander zu tun haben.

Also, wann reden wir über das Mäzenatentum? Ist es ein eigensüchtiger Riese oder hat es eine miese Zwergstatur oder welchen Wuchses ist es sonst im Sozialismus? Lohnt es, sich darüber auszutauschen?

Vorläufig schöpfe ich ein wenig Osterluft auf meiner sandigen Falkenhöh' und hoffe, Sie am 1. April noch einmal zu sehen.

Bis dahin ganz herzlich
Ihr
Elmar Faber

Am 20. März 1988 feierte der Kunsthistoriker, Buchwissenschaftler und Kunstkritiker Prof. Lothar Lang auf Schloß Burgk seinen 60. Geburtstag. EF hielt unter dem Titel *Kunstgott oder Kunstteufel. Anmerkungen zur Originalität von Kunstkritik* die Laudatio. Sie erschien als Sonderdruck wie auch als Abdruck in den *Marginalien*, der Zeitschrift für Buchkunst und Bibliophilie.

Mit Falkenhöh' spielt EF auf sein Sommergrundstück in Falkensee an, am Rande von Berlin-Spandau, direkt an der Berliner Mauer.

EF wie CH sind beide im April geboren, der eine am 1. April 1934, der andere am 8. April 1944. Die Geburtstage wurden jahrzehntelang beiderseitig bedacht, nicht selten auch mit Einladungen versehen.

Berlin, am 4. April 1988

Lieber Christoph Hein,
schönen Dank nochmals, daß Sie da waren, und sagen Sie auch Ihrer Frau, daß sie maßgeblich zu der reizenden Gesellschaft beigetragen hat, obwohl sie erst viel später hinzukommen konnte. Die „Bücherkunde“ von dem alten Denis war natürlich eine Riesenüberraschung. Aber kann man solche Geschenke überhaupt annehmen? Da wird man doch das schlechte Gewissen nicht los! Dennoch: Beeindruckend, wie der Mann schon 1795 seine Nachrichten aus der *Encyclopedia literaria* überbringt und auch schon etwas vom „Beginn besserer Zeiten“ in den Provinzen der Bücherwelt zu berichten weiß. Das veranlaßt mich, zu dem Thema zurückzukehren, über das Sie jüngst Aufklärung verlangt haben, zu den Büchern und den roten Zahlen, so es solche im Verlagsgeschäft manchmal geben sollte. Heikel wie die Sache ist, läßt sich ganz gut darüber meditieren, wenn man in einem fahrenden Zug zwischen Berlin und Frankfurt am Main sitzt, am Ostermontag, zwischen Alltag hier und Feiertag dort, und wenn man die ominöse Stelle hinter sich hat, wo das Huppern des Zuges in ein lautloses Gleiten übergeht und es keine Kunst mehr ist, den Stift zur Schönschrift zu führen.

Ich fange ein Stückchen weiter vorne an. In Ihrer Rede auf dem X. Schriftstellerkongreß hatten Sie – für mein Gefühl in einem falschen Zusammenhang – den Begriff von der Rationierung eingebunden, um mit deren Abschaffung im Jahre 1956 ein paar Verwaltungsentscheide anzuklagen, deren Fortbestand Sie seitdem für unnötig halten. „Zensur“ sagten Sie dort zu einem der kulturpolitischen Instrumente, die ursprünglich zur Lenkung der Literaturpolitik ausgedacht waren und später freilich zur Besserwisserei herhalten mußten. In diese Phase des geregelten Neubeginns nach den puren Aufräumarbeiten der ersten fünf Nachkriegsjahre fällt auch der Entschluß, Literatur – ein geistiges Grundnahrungsmittel – zu billigen, zu volkstümlichen Preisen herauszugeben, was heißt, der Rationierung ganz eigentlich entgegenzuwirken, da bekanntlich auf dem bürgerlichen Buchmarkt hohe Preise und häufig zu hohe Preise bestimmten Schichten den Zugang zur guten Literatur verwehren. Literatur zu billigen Preisen, ein Traum, dem linke und linksbürgerliche Verleger in der Weimarer Republik von Wieland Herzfelde bis Gustav Kiepenheuer nachgerannt waren, wurde Wirklichkeit. Die alten Bibliotheken zu den alten oder fast alten Preisen, Reclam-Hefte für 2,– Mark und weniger mehr, die Insel-Bücherei für 1,25 Mark, können Sie noch heute in den Buchläden kaufen. Die neuen Bibliotheken kosten kaum mehr. Denken Sie an die bb-Bändchen des Aufbau-Verlages für 1,85 Mark oder an dessen „Bibliothek Deutscher Klassiker", wo der Einzelband immer noch für 5,– Mark zu haben ist, obwohl editorisch vergleichbare Ausgaben beispielsweise in der Bundesrepublik längst auf das Zehnfache gestiegen sind. Bestimmten Preisbindungen unterliegen Schulbücher, Kinderbücher, die Literatur von Zeitgenossen und ... und ... und ..., und das seit dreißig Jahren und länger. Soll man das als Errungenschaft preisen? Soll man es als Stillstand beargwöhnen? Oder muß man es gar als ökonomische Unvernunft anprangern, wo doch die Kosten für das Buch wie für viele andere Waren des menschlichen Bedarfs in den letzten Jahren und Jahrzehnten enorm gestiegen sind? Noch immer neige ich zum Urteil, es sei eine Errungenschaft, freilich eine historische, insofern eine sich verbrauchende, aber Sinn hatte dieses Konzept und Zeitnähe und viel von dem großen Entwurf, die Literatur aus den gebildeten Zirkeln herauszuführen und jedem seine eigene Volksbibliothek zu ermöglichen.

Mit den Fortschritten der Zeit, der Computerisierung der Buchproduktion, der Kostenexplosion im Materialsektor von den Farben bis zum Papier, lassen sich die alten Ideale allerdings schlecht in Einklang bringen, und so kehrt die Erfahrung der geschätzten wie der ungeliebten bürgerlichen Verleger-Vorfahren in unsere Tagesabläufe zurück, daß es offenbar zur

Alchemie des Büchermachens gehört, daß sich die roten Zahlen oft schwer vermeiden lassen. Überdies stellt sich sowieso die Frage ein, ob es auf Dauer gerechtfertigt ist, bei zwei so unerhört variablen Größen wie dem Buch und dem Leser (oder dem Volk) auf eine Konstante zu pochen, den Buchpreis, oder ob das über einen Zeitraum von dreißig Jahren hinweg nicht irgendwann einen bedenklichen Anachronismus ergibt.

Dies alles, lieber Christoph Hein, hat etwas mit dem Thema „Rote Zahlen“ zu tun, und es ist gesellschaftspolitisch und zeitlich weitschweifig. Auch mit dem Thema zu tun hat das flüchtige Vergnügen des Verlegers, möglichst viel verkäufliche Ware herstellen zu wollen, was Sie ihm gern als mangelndes Engagement anlasten. Ich will nicht wiederholen, was mir dazu in meinem Brief vom 28. März schon eingefallen ist, nur will ich noch einmal deutlich machen, daß wir ganz kongruenter Auffassung darüber sind, daß der Verleger mehr als ein gewöhnlicher Teppichhändler ist, der seine Ware zu Füßen seiner Kunden ausbreitet. Wir haben es mit Kopfgeburten zu tun, wir müssen mit den Büchern „gegen den zeitgemäßen Analphabetismus“ an, wie Sie sagen, nur müssen sich die Alphabete auch buchstabieren lassen, die wir in den Büchern aufbewahren. Es ist eine landläufige Meinung, daß unseren Verlagen die Bücher, die sie produzieren, aus den Händen gerissen werden. Gewiß, der Sozialismus ist eine gute Zeit für das Buchgeschäft, die Neugier auf die Literatur ist groß, der Hunger auf das geschriebene und gedruckte Wort und Bild ist stark – alles Zeichen geglückter Bildungspolitik, so sehr man auf die Schulen auch schimpfen mag –, aber man darf nicht vergessen, daß es doch immer nur die Hälfte der produzierten Bücher ist, die sich wie warme Semmeln verkaufen läßt. Die andere Hälfte braucht ein wenig mehr Geduld. Der eine Teil hat den Trend zum Bestseller, der andere den zum Sitzenbleiben. Die eine Hälfte der Bücher wird in großen, die andere in kleinen Auflagen hergestellt. Ich bin mir nicht sicher, ob ich Ihnen ein Geheimnis anvertraue, wenn ich Ihnen sage, daß auch in der zeitgenössischen Literatur die Sitzenbleiber in den letzten Jahren umfänglicher, die verkauften Auflagen in wichtigen Genres kleiner geworden sind und daß die Bestände insgesamt beim Großbuchhandel weiter steigen. Ladenhüter wollen Sie als einen Beweis für die Existenz von Verlegern und Buchhändlern reklamieren, das mag vielleicht noch angehen, ein Beleg für den Erfolg der Autoren und der Bücher sind sie jedenfalls nicht.

Ich resümiere: Über die roten Zahlen muß man sich Gedanken machen, bevor sie da sind. Mir scheint, wir haben das Diagramm unserer Buchproduktion noch strenger den Bedürfnissen anzupassen, vor allem den Bedürfnissen der Leser.
Ich grüße Sie herzlich

Ihr
Elmar Faber

Die Geburtstagsfeier, auf die EF anspielt und bei der auch CH mit seiner Frau anwesend war, fiel 1988 auf den Karfreitag.

Berlin, am 8. 4. 88

Lieber Elmar Faber,
wir hatten verabredet, daß wir uns in den nächsten Wochen über den Essaiband (Nachauflage) unterhalten wollen.
Ich möchte Ihnen die Entscheidung überlassen, ob die Rede vom Kongreß in die Neuauflage hineinkommen soll. (Eine andere Arbeit habe ich Angela Drescher für ihren „C.-Wolf-Band zum 60." versprochen; die könnte dann nicht vorher erscheinen.)
Entscheiden Sie bitte; ich werde Ihre Entscheidung akzeptieren.
Am Donnerstag war ich leider durch Theater verhindert, sorry.
Mit freundlichen Grüßen

Ihr
Christoph Hein

Am Montag stand ich eine Stunde vor dem Antiquariat und kaufte dann nur etwas, um nicht völlig umsonst angestanden zu haben. Die offizielle Eröffnung war nach der inoffiziellen kaum noch durchführbar: ein Antiquariat für einen Tag.

Die Rede von CH, gehalten auf dem X. Schriftstellerkongreß der DDR im November 1987 unter dem Titel *Die Zensur ist überlebt, nutzlos, paradox, menschenfeindlich, volksfeindlich, ungesetzlich und strafbar*, zuerst veröffentlicht in dem Dokumentenband zum Kongreß, Berlin 1988, erschien erst im zweiten Essaiband von CH *Als Kind habe ich Stalin gesehen* im Frühjahr 1990 im Aufbau-Verlag.

Angela Drescher war die langjährige Lektorin von Christa Wolf im Aufbau-Verlag.

Am 4. April wurde am Gendarmenmarkt in Berlin ein Antiquariat eröffnet; durch die Regelung, bestimmten Personen den Einkauf vor der offiziellen Eröffnung zu ermöglichen, waren gesuchte Stücke für die „normale" Bevölkerung nicht mehr zu bekommen.

Berlin, am 18. April 1988

Lieber Christoph Hein,
bitte haben Sie noch ein paar Tage Geduld, bevor ich Ihren Brief vom 8.4.1988 verbindlich beantworte.
Klar ist, daß der Essai-Band *Öffentlich arbeiten* noch in diesem Jahr in 2. Auflage erscheint. Ob wir ihn verändern oder nicht, entscheiden auch ein paar technische Voraussetzungen. Bitte lassen Sie mich fertig recherchieren.
Leid tut es mir, daß Sie vor dem Linden-Antiquariat eine Stunde anstehen mußten, um am Eröffnungstag vielleicht doch in den Besitz eines fetten Happens zu kommen. Da sehen Sie, daß Bücher sammeln auch Mühe macht. Sollten Sie zum Schluß nichts bekommen haben, so könnte man sich trösten: Hein soll nicht Bücher sammeln, sondern er soll welche schreiben!
Mit freundlichen Grüßen

Ihr
Elmar Faber

Berlin, am 21. Juni 88

Lieber Elmar Faber,
ich habe mich verspätet und bitte – mit dem Hut in der Hand – um Vergebung. Ich hatte für den Aufbau-Verlag ein Manuskript abzuschließen und konnte mit mir über ein Schlußdetail nicht einig werden. Denn was immer die Kritik zu dem nächsten Buch anmerken will, das einzig wirkliche Problem war die Frage, welche Akkorde mein Held zu seinem und zum Ende des Buches anschlägt. Er spielt Chopin, nicht Bach und nicht Satie und schon gar nicht, gottbewahre, einen Tango. Natürlich Chopin, werden Sie sagen, der ganze Text läuft darauf hinaus, daß er Chopin spielt. Heute ist mir das auch klar, post festum wird sogar eine Banalität einleuchtend.
Zudem sind Sie, wie ich hörte, in den Urlaub gefahren und wollen sicher viel lesen und ganz sicher nichts von Ihren Aufbau-Autoren. Warum sonst müßte ein Verleger Urlaub machen, dessen ganze Arbeit es bekanntlich ist, gute Bücher zu lesen, ein Vergnügen, für das andere Sterbliche ihre karge Freizeit opfern müssen.
In Ihrem Brief kündigen Sie mir große Namen Ihres künftigen Verlagsprogramms an – und befürchten, die Leser werden ausbleiben. Aber das ist bei großen Namen nun einmal die Regel. Gewöhnlich nennen wir das „groß“, was uns fordert und anstrengt und dem wir entgehen wollen. Ich lobe, was und wen ich nicht haben will, und habe fortan meine Ruhe.
Aber trotz Ihrer Befürchtungen werden Sie mir zugestehen, daß es eine Lust ist, Verleger im Sozialismus zu sein.
Die westeuropäischen Kollegen müssen nach kargen Hälmlein auf abgegrasten Weiden suchen. Sie dagegen haben das riesige Feld von selten oder gar nicht verlegten Autoren vor sich. Wo immer der scharfe Stahl des Verlegers mäht, hat er reiche Ernte, und sein Feld reicht bis zum Horizont und wird nicht begrenzt von den Feldsteinen der Konkurrenz. Die fatale Monopolisierung des Kapitals haben wir beseitigt und aufgehoben durch eine generelle Monopolisierung der

Gesellschaft: jeder produziert konkurrenzlos, der Kunde muß es ihm abnehmen. Freilich, jeder Produzent ist außerhalb seiner Arbeitszeit (neuerdings und zunehmend bereits während seiner Arbeitszeit) auch Konsument und macht dann die gleiche bittere Erfahrung der Vogelwelt: friß oder stirb. Die Revolution forderte Gleichheit, wir haben sie endlich.
Die Vorteile des Verlegers in einem sozialistischen Land sind so vielfältig und überwältigend, daß es mir unmöglich ist, alle aufzuzählen. Denken Sie nur an die leidige Pflicht kapitalistischer Verleger, den Autoren die Türen einzurennen, um neue Manuskripte zu erbetteln, sie inständig anzuflehen, in ihrem Verlagshaus zu bleiben, wofür sie sogar einen Teil des Gewinns zu opfern fast bereit sind. Sie, lieber Herr Faber, sind bestens mit der deutschen Verlagsgeschichte vertraut und kennen die demütigen Briefe großer Verleger an ihre Autoren, bittend um Manuskripte, um ihre Gunst und um ihre Treue. Sie mußten fast jede Forderung ihrer Autoren erfüllen, um nicht brotlos zu werden, und nur gelegentlich und gut versteckt äußerten sie einen uns anrührenden Klageruf ob ihrer Abhängigkeit.
In unserem Land haben wir dieses Verhältnis gründlich verändert oder – wie der Volksmund drastisch und mit dem üblichen Unverständnis für historische Prozesse sagt – auf den Kopf gestellt. Nun hat ein jeder Verlag eine gewisse Titelzahl pro Jahr und ebenso limitiert ist das Papier. Die Druckkapazität ist nicht begrenzt, was aber nur bedeutet, der Verleger hat keinerlei Ansprüche, sondern darf hoffen und harren, und er ist gut beraten, einen brauchbaren Bonus in der Tasche zu haben, wenn er die Druckereien besucht. (Was ihm freilich nichts hilft, falls am gleichen Vormittag ein anderer Verleger aus einem anderen der zahlreichen deutschsprachigen Länder in der Druckerei weilt, um seinen Bonus zu überreichen. In unserem Land sind die kleinen Aufmerksamkeiten aus fremden Ländern hoch geschätzt, insonderheit die hübschen exotischen Münzen.)
Der Mühe, sich um seine Autoren zu sorgen, ist der Verleger im Sozialismus enthoben. Auf Produktivität und Treue der

Schreiber kann er pfeifen, und das nicht nur, weil er – friß oder stirb – ohnehin nahezu konkurrenzlos arbeitet. Nein, diese beklagten und geforderten Tugenden des kapitalistischen Verlagswesens haben wir bereinigt. Ein Schrecken der Verleger ist nun jener Autor, der partout mit jedem Manuskript in das gleiche Verlagshaus kommt. Und ruinös für einen seriösen sozialistischen Verlag ist jetzt der Schriftsteller, der alle zwei Jahre oder gar noch häufiger mit einem Manuskript im Lektorat erscheint. Noch gefürchteter aber sind Bücher, die die Leser benötigen. Wenn das Interesse des Publikums mit einer Auflage zu befriedigen ist, lacht des Verlegers Herz. Aber was soll der arme Teufel tun, wenn die Käufer unbedingt weitere Auflagen verlangen? Denn die Titelanzahl ist begrenzt und das Limit eine standhafte Mauer. (Sie wissen, daß unser großartiger Verlag „Leuchtendes Morgenrot“ seine Auslandswerbung mit einer zwar nicht Langenscheidt-gemäßen, aber viel korrekteren Übersetzung seines Verlagsnamens startete und sich dort „Editions Rien ne va plus“ nennt.)
So bleibt es nicht aus, daß der Verleger den mit seinem Manuskript unterm Arm sein Büro betretenden Autor entsetzt empfängt und mit dem Schreckensruf: Schon wieder ein neues Buch! Und er muß ihm dann unzweideutig klarmachen, daß der Autor, falls er auf dem Druck seines neuen Skripts beharrt, mit keiner Nachauflage früherer Titel mehr rechnen kann. Er wird ihm andere Autoren vorhalten, die beispielhafte Zurückhaltung zeigen, und auf die Starautoren des Hauses verweisen, deren Fotos das Zimmer des Verlegers zieren, die sogenannten One-book-writers. Und beim Abschied wird er ihm die Adressen der anderen Verlage in die Hand drücken in der Hoffnung, der Autor möge künftig sein Haus verschonen und den Nachbarn mit dem nächsten Manuskript heimsuchen.
In den Honorarabteilungen brütet man, wie ich weiß, bereits an einem neuen System der Abrechnung, das dem nicht schreibenden Schriftsteller seine Zurückhaltung honoriert und den lästigen, unbelehrbaren Schreiber von Manuskripten zur Kasse bittet.

In den Lektoraten diskutiert man bereits das zeitlich begrenzte sowie das generelle Schreibverbot für hartnäckige Autoren, die eine sozialistische Verlagsarbeit durch ihre unaufhörliche Produktion zu sabotieren suchen.
Aber auch die Autoren zeigen sich verantwortlich und zeitbewußt. Jüngstens hörte ich von Schriftstellern unseres Landes, die zu einem Jubiläum ihres allseits geschätzten Verlegers diesen mit der ihn sicher hoch erfreuenden Mitteilung beglücken werden, seinen Verlag zu verlassen und mit ihren Manuskripten künftig andere Verleger zu belästigen. Das ist eine großherzige und noble Geste (freilich auf Kosten der anderen Verleger); eine großzügigere Gabe der Autoren wäre es, sich die Schreiberhand abzuhauen und sie dem Verleger – in Halbleinen gebunden – zu überreichen. Aber jener Jubiläums-Verleger wird das Geschenk zu schätzen wissen und wird seine Autoren – jedenfalls jene, die nichts mehr schreiben oder nichts mehr in seinen Verlag bringen – lieben und preisen, und er wird mit Ihnen und mir unser Verlagssystem loben.
Aber der Teufel hat die Schönheit der Welt vergiftet und in jedes vollendete und zu bewundernde Menschenwerk einen Stachel des Details gesteckt. Der Stachel, der in die hier geschilderten und so schönen Zustände sticht, lautet: es ist leider alles die reine Wahrheit.
Aber wem sag ich das?
Ich grüße Sie herzlich

Ihr
Christoph Hein

Natürlich hat es einen Verlag namens „Leuchtendes Morgenrot" nie gegeben.

Das Manuskript, auf das CH anspielt, ist jenes, welches im Frühjahr 1989 unter dem Titel *Der Tangospieler* im Aufbau-Verlag erschien.

Berlin, am 4. Januar 89

Liebe Renate Faber,
lieber Elmar Faber,
ein gutes 89 für Sie.
In der Hoffnung, man sieht sich nicht nur via *Börsenblatt, ND* und West-TV.
Mit Enzensberger haben Sie mir eine große Freude gemacht; das Horoskop findet vor allem bei der daran stark gläubigen Christiane größten Beifall (vielleicht sollte „Außer der Reihe" mehr auf diese Bedürfnisse eingehen, die ohnehin verbreiteter und unerfüllter sind).
Sehr herzlich
Ihr
Christoph Hein

Mit dem Enzensberger waren die von 1982 bis 1987 gesammelten Aufsätze gemeint, die dann endlich unter dem Titel *Ach Europa! Wahrnehmungen aus sieben Ländern* im Suhrkamp Verlag erschienen und ihrer Europabedenklichkeit wegen rasch in mehreren Auflagen gedruckt wurden.

Christiane war die erste Ehefrau von CH, die erst 57jährig 2001 verstarb.

Außer der Reihe war eine von Gerhard Wolf im Aufbau-Verlag herausgegebene Reihe in den späten 1980er Jahren, die vor allem bis dato Samisdat-Literaten veröffentlichen sollte, u. a. Peter Brasch, Jan Faktor, Reinhard Jirgl, Bert Papenfuß-Gorek.

(Januar 1989)

Lieber Elmar Faber,
hier ein Durchschlag meines Briefes an die Reclam-Leute. Ich denke, die werden sich bei Ihnen melden.
Beste Grüße,
Ihr
Christoph Hein

Berlin, am 16. 1. 89

Lieber Stefan Richter,
ich zögerte mit der Zusage, weil ich nicht allein über meine Mitarbeit entscheiden konnte. Nun ist (fast) alles geklärt, und ich kann Euch mehr als nur einen Artikel anbieten: nämlich eine feste Einrichtung. Elmar Faber und ich wechseln (bedingt durch den Zustand des Berliner Telefonnetzes) gelegentlich Briefe. Einer dieser Doppelbriefe (ich glaube, es war der erste) erschien unlängst in *Sinn und Form*. Wir bieten Euch an, in jedem Heft davon etwas zu bringen (bis zu unserem oder Eurem Erbleichen).
Als eine Art von Kolumne sollte sie einen Namen bekommen, der weit genug ist, damit auch eventuelle Nachfolger hineinschlüpfen können (z. B.: „Über Bücher, Gott und die Welt").
Bitte stellt Elmar Faber in einem Brief Euren Ostbeuter vor, um bei ihm die letzten Zweifel auszuräumen. Bedenkt, Faber ist ein Ästhet: wenn Eure Zeitschrift nicht mindestens das grafische und polygrafische Niveau der *Leipziger Blätter* hat, faßt er das Blatt nicht einmal an.
Alles Gute Christoph Hein

Die Zeitschrift *Ostbeuter* erschien nie, dafür ab 1990 ein Reclam-Almanach namens *Kopfbahnhof*, herausgegeben von Heiner Henninger, Klaus Pankow und Stefan Richter. 1992 wurde nach dem Erscheinen des 5. Bandes das Periodikum wieder eingestellt.

Berlin, den 20. Januar 1989

Lieber Christoph Hein,
noch heute habe ich an manchen Punkten zu kauen, die Ihr frühsommerlicher Brief vom 21. Juni 1988 aufgeworfen hat, der ja auf eine höchst verzwickte Art und Weise die Revolution und die Produktivität der Schriftsteller in einander spiegelnde Gegenbilder zu bringen versucht. Seitdem ist viel Wasser die Spree heruntergeflossen, Präsidenten haben ihre Ämter gewechselt, Väter haben ihre Kinder verlassen, Botschafter wurden verabschiedet, es wurden gehässige Artikel geschrieben, Zeitschriften wurden von den Postzeitungslisten gestrichen, und – merkwürdig genug – eine Freidenkerorganisation wurde gegründet, alles bedenkenswerte und bedenkliche Vorgänge der Zeit, die unsere kleinen Wichtigtuereien um das Buch manchmal ein wenig in den Hintergrund treten lassen.
Jetzt bin ich wieder lustig genug, um die Attacke zu reiten, die Ihr Brief verdient, und da Sie die Verleger mit nichts verschonen, was sie zu autorenfressenden Monstern macht, will ich Ihnen gleich zu Anfang noch einen Ratschlag nachreichen, den einst der in jeder Beziehung schwergewichtige Rowohlt seinen Kollegen und Lektoren gab, weil er so gut in den Zitatenschatz Ihres Teufelsgefängnisses paßt, das Sie verwalten, sobald Sie über die Verlegerspezies nachdenken. „Setz deinen Autor“, mahnte Ernst Rowohlt, „in einen bequemen Sessel, der niedriger ist als dein Stuhl, dann wirst du am besten mit ihm verhandeln können. Reiche ihm etwas zu rauchen hinunter … Überlaß den Autor ungehemmt seinem Redefluß, wenn er dir von seinem Manuskript oder von seinem geplanten Buch erzählt. Geht ihm der Atem aus, so fange schüchtern an zu sprechen. Frage ihn nicht nach Einzelheiten seines Manuskriptes oder Plans. Sei von vornherein ebenso wie er selbst überzeugt von der Möglichkeit eines Erfolgs seines Buches, denn du mußt dir sagen, daß du ihn von dem Mißerfolg, bevor er da ist, sowieso nicht überzeugen kannst …“

Also das für die Wandsprüche in Ihrem Teufelshaus! Ich will mir das Querholzige der Rowohltschen Anschauungen nicht leisten. Ich will zuhören, wenn mir der Autor den Blick in den Kosmos ermöglicht, ich will am Sternenflug teilnehmen. Sie haben ganz und gar unrecht, daß der Verleger im Sozialismus auf den produktiven Autor verzichten kann oder – manchmal treiben Sie Ihren Sarkasmus wirklich auf die Spitze – gar verzichten will. Diese ruinöse Anschauung ist offenbar das Produkt einer Erfahrung, die zunächst zu den vorzüglichsten auf dem sozialistischen Buchmarkt gehört, nämlich daß ein Autor Auflage um Auflage seines Buches bekommt und er sich dadurch das Lesepublikum wie einen nimmersatten Koloß vorstellt. Wehe aber, die Sache kommt einmal ins Stocken und er muß auf eine Auflage ein wenig länger warten als gewöhnlich oder das Publikum will ein Buch vorläufig gar nicht mehr haben, dann ist der Teufel los. Ich weiß wie Sie, daß es noch genug Bücher gibt, von denen der Bedarf längst nicht befriedigt ist, und da wollen wir alles tun, um die Schere zwischen Angebot und Nachfrage weiter zu schließen, aber zwischenzeitlich gibt es auch Bücher genug, die mit einer Auflage gut bedient sind, und ein paar, von denen eine Auflage vielleicht schon zuviel gewesen ist. Auch in jüngster Zeit habe ich wieder Manuskripte gesehen, wo das Motto stärker war als der folgende Text. So könnte ich niemals zu den Verlegern gehören, die sich in ihrem Zimmer die Fotos der sogenannten One-book-writers anheften und diese als ihre Starautoren feiern wollen. Ich muß die Autoren mit den guten Büchern anstacheln, neue gute Bücher zu schreiben, die Autoren mit den schlechten oder schlechteren Büchern muß ich ermutigen, bessere zu machen. One-book-writer sind also nicht gefragt. Freilich würde mir aber auch kein Modell einfallen, von einem Autor oder mehreren gar in jedem Jahresprogramm ein halbes Dutzend Bücher oder mehr zu plazieren, nur weil der Autor so viele Bücher geschrieben hat. Kennen Sie das Schlaraffenland, in dem das schon möglich ist? Und würde das nicht ein einsilbiges Programm?

Allerdings hat es in der Verlagsgeschichte vereinzelt auch Zweckgründungen für die Präsentation eines einzelnen Autoren-Werkes gegeben. Denken Sie mir an Karl May. Aber würde Ihnen ein Christoph-Hein-Verlag zusagen? Kurz und gut: Ich komme mit Ihnen nicht ganz unter einen Hut, was die Beurteilung von Verlagsgewohnheiten betrifft – und das ist vielleicht gut so –, aber ganz unter einer Decke stecke ich wieder mit Ihnen in den Ansichten über die Druckereien. Ich träume mir auch die Zeiten zurück, in denen der Verleger bei den Druckern noch König Kunde war und nicht ein mittelloser Bittsteller. Ich finde ebenso wie Sie den Zustand fatal und unzeitgemäß, daß eine Druckerei unseres Landes den exotischen Münzen wie ein Weltmeister nachrennt, bei den Aufträgen der heimischen Verlage aber nur Schritte wie ein Provinzathlet macht. In allen Zeiten schon schlug die Armut die verwegensten Purzelbäume. Es ist nicht auszuschließen, daß unsere Druckindustrie irgendwann auch wieder auf die Matte zurückkommt.

Wir brauchen für alles Geduld.

Mit schönen Grüßen

Ihr

Elmar Faber

Mit der Streichung von Zeitschriften von den Postzeitungslisten ist der *Sputnik (russ: Begleiter)* gemeint, ein Periodikum, das sich vor allem in der Zeit von Glasnost und Perestroika kritisch mit der sowjetischen, bevorzugt mit der stalinistischen Zeit auseinandersetzte. Die DDR-Regierung untersagte am 18. November 1988 die Auslieferung der Zeitschrift durch den Postzeitungsvertrieb.

Ende 1988 kam es sehr unerwartet zu einem SED-Politbüro-Beschluß, einen DDR-Freidenkerverband zu gründen.

Mit den „exotischen Münzen" ist natürlich die DM gemeint. Druckereien der DDR waren durch sogenannte Planvorgaben angehalten, von westdeutschen und schweizerischen Verlagen Druckaufträge zu aquirieren, die in Folge dazu führten, Aufträge von DDR-Verlagen zeitlich zu verschieben.

Berlin, am 1. Februar 1989

Lieber Christoph Hein,
Sie haben den Lessing-Preis bekommen, und alle Welt weiß, daß Sie ihn verdient haben. Ein Aufklärer, gottlob, und doch kein Weiser, das soll Ihnen erst einmal jemand nachmachen.
Also, herzlichen Glückwunsch!

So fällt das Erscheinen Ihres neuen Buches in die richtige Zeit. *Der Tangospieler* soll ja in ersten Exemplaren zur Frühjahrsmesse fertig werden. Auf den Verkaufstischen der Buchhändler wird er aber wohl erst im April erscheinen. Hier hat Behäbigkeit wenigstens den einen Vorteil, daß sich die Kritik ohne Eile auf ein häretisches Buch einrichten kann. Ich glaube, man wird wieder manche Schwierigkeit damit bekommen, daß Dallow das Labyrinth als den geraden Weg empfindet und die Zelle in der Gesellschaft als eine mögliche Behausung, und er wird etwas von dem Gezeter abbekommen, dem weiland schon seine weibliche Protagonistin, die Ärztin Claudia im *Fremden Freund,* ausgesetzt war. Schließlich könnte man den Text als eine Illustrierung Ihrer auf dem Schriftstellerkongreß vermuteten These empfinden, daß die Literatur „auf eine einzigartige Weise den inneren Zustand einer Gesellschaft" erhellt. Trauen Sie der Kritik diese Intelligenz zu oder steht eher zu vermuten, daß sie die Abbilder wieder als wirklichkeitsfremd verwirft?
Ich möchte Sie gern auf ein Buch aufmerksam machen, das jüngst bei Aufbau erschienen ist. Peter Hacks hat etwas über die *Schöne Wirtschaft* geschrieben. Es sind Gedanken-Fragmente über die Kunst und die Kunsterzeugung, und es findet sich vieles darin, was höchst anregend ist, auch was zu größter Belustigung Anlaß gibt und natürlich zum Widerspruch reizt. An mancher Stelle ist es ein ganz verbohrtes, an anderer ein ganz janusköpfiges Buch. Der Mann ist so etwas wie ein proletarischer Romantiker und wie ein königlicher Kaufmann zugleich, wie auch immer, mich hat es veranlaßt, über das eine

oder andere Lieblingsthema wieder neu nachzudenken, und so sollten Sie Hacks als eine Art Innovationsfigur erkennen, wenn ich Ihnen in Kürze einmal mein Herz über die Förderung der Künste in unserem Lande ausschütte, über mein Verständnis von Lust und Leistung in unseren literarischen Gefilden meditiere, Porto und Gewinn aufzurechnen versuche. Machen Sie sich einstweilen auf einen unbewältigten Gehirnwust gefaßt.

In alter Verbundenheit

Ihr

Elmar Faber

Berlin, am 14. Februar 89

Lieber Elmar Faber,
vor acht Tagen stellte mir die Post einen Brief zu, der von Ihnen bereits am 4. April 1988 geschrieben wurde. Ich bekam diesen Brief also 10 Monate, nachdem Sie ihn verfaßten.
Anfänglich glaubte ich, die Post habe ihren Ursprung erkunden wollen, glaube nun an eine lateinische Herkunft und wolle künftig noch konsequenter alle Hast und Eile meiden. (Unsere Post gehört mit der Gastronomie dieses Landes und dem hiesigen Einzelhandel ohnehin zu den kuriosesten Einrichtungen der Republik.) Aber bei genauerer Betrachtung zeigte sich, der Brief war wohl am 4. April geschrieben, hatte aber fast ein Jahr später erst den Verlag verlassen.

Ich ahne und befürchte es seit langem: die Art der Buchherstellung hierzulande bleibt nicht folgenlos. Jetzt unterliegt bereits der Briefverkehr der Verlage der üblichen Editionspraxis. Und die Korrosion ist unaufhaltbar: wenn ich eines nicht mehr fernen Tages aus der Charité höre, daß dort ein Kind nach einer achtzehnmonatigen Schwangerschaft zur Welt kam und die versammelten Gynäkologen erklärungslos nur die Köpfe schütteln können, dann werde ich mich mit zwei Kollegen und reichlichen Geschenken auf den Weg machen, um dem Kind zu huldigen. Denn dann weiß ich, dem Land ist ein neuer Verleger geboren.

Bevor ich Ihren Brief öffnete, wußte ich, es wird eine spannende und überraschende Lektüre. Und um es gleich zu sagen, ich wurde nicht enttäuscht. Sie melden mir, daß ich „noch heute in den Buchläden" Inselbücher für 1,25 Mark und Bände der kleinen klassischen Bibliothek für 5 Mark kaufen könne. Leider vergaßen Sie, mir die Adressen dieser Buchläden zu nennen. Denn vielleicht wird es Sie überraschen: ich kann diese Kostbarkeiten nirgends kaufen. Die mir bekannten Buchhandlungen können mit solch preis- und sammelwerten

Ausgaben allenfalls jenen Kunden dienen, die Professor sind oder Filmstar. Die gewöhnlichen Sterblichen und jene „bestimmten Schichten“, die weder Ruhm im Titel oder Gesicht tragen noch eine dicke Börse in ihrer Tasche, müssen sich mit den teureren – oder, wie man heute sagt, delikaten – Ausgaben zufriedengeben.

Nein, lieber Elmar Faber, preisen wir nur wohlgemut unsere Errungenschaften, und beargwöhnen wir sie anschließend, um sie zu überprüfen, zu verbessern und notfalls abzuschaffen. Die Losung dieser Gesellschaft heißt doch nicht „Alles, was real existiert, ist zu preisen“, sondern „An allem ist zu zweifeln“. Wer an Erfolge vergangener Jahrzehnte sich klammert, läuft Gefahr, auf jenem Müllhaufen zu landen, auf dem die Geschichte ihre vergangenen Verdienste beerdigt. Denn Geschichte weiß und lehrt uns, alten Lorbeer im Haus zu behalten, macht nur schlechten Geruch.

Ein Reclam-Bändchen ist für 1,25 Mark nicht herzustellen. Das weiß selbst der Kunde und zahlt deshalb für ein (verlagsneues) Bändchen im benachbarten Antiquariat ohne zu Murren 10 Mark. Und dem Verlag, der an dem anachronistischen Preis festzuhalten genötigt wird, aber dennoch nicht das Privileg erhält, die dafür nötigen Geldscheine selbst zu drucken, bleibt nur ein Ausweg: er muß das Buch mit dem unsinnigen Preis in einer Auflage drucken, die den Verlust begrenzt (also eine Auflage für Professoren und Filmstars), und er muß, um nicht in den Schuldturm zu wandern, den Verlust anderweitig auszugleichen suchen, indem er die Kosten anderen Büchern aufhalst, z. B. einem amerikanischen Krimi in einer Lederausgabe oder den beiden Abenteurern Karl May und Casanova, die er in großen, überteuerten Auflagen unters reise- und lernwillige Publikum streut.

Nun beißt sich die Katze in den Schwanz. Die gute Absicht, die Beschränkungen des bürgerlichen Buchmarktes zu beseitigen und dem Volk mit volkstümlichen Preisen die Referenz zu erweisen, verdrehte sich in ihr Gegenteil. Das Volk hat nun mit Aufpreisen die volkstümlich billigen Bücher zu bezahlen, die zu kaufen ihm nicht gestattet ist, da die viel zu kleinen Auflagen jener „Errungenschaften des Neubeginns“ diese Volkstümlichkeit nur wenigen Privilegierten vorbehalten müssen. (Ich wage nun nicht mehr zu sagen, wer diese Privilegierten sind. Ich fürchte, sonst werden die Professoren und Filmstars mich beschimpfen und darauf verweisen, daß lediglich die westlichen Professoren und Filmstars solche Kleinode der DDR-Buchproduktion kaufen können. Also sag ich: ich weiß nicht, wer die glücklichen Käufer sind. Darf ich vermuten – da man dem Ochsen, der drischt, nicht das Maul verbinden soll –, daß die hübsche Reihe wenigstens in den auch sonst geschmackvollen, wenn auch mit Büchern etwas überladenen Wohnungen der Verleger meines Landes stehen?) Die Katze beißt sich in den Schwanz, aber das ist hierzulande ein gewöhnliches Schauspiel und nicht der Rede wert. Wir haben so viele historische Verdienste, die wir nicht aufgeben, koste es uns auch Kopf und Kragen. Warum bei einer solch hübschen Nebensache wie der Buchproduktion nachdenken, wenn bei viel entscheidenderen Dingen der Kopf im Sand von gestern steckt. Die niedrigen Wohnungsmieten sind nicht zu halten, man hält sie dennoch fest und muß dann folgerichtig ein paar andere Dinge fallen lassen. Als ich meiner anwachsenden Kinder-, Bücher- und Manuskriptschar etwas Raum schaffen wollte und die Zwei-Zimmer-Wohnung gegen eine etwas größere zu tauschen suchte, lernte ich mehrere alte Damen kennen, die anfänglich an einem Wohnungstausch interessiert waren, da sie ohnehin nicht mehr alle Räume ihrer großen Wohnung nutzten.

Schließlich lehnten sie aber ab, und ich verstand sie. Sie hätten das vier Meter lange Vertiko in die kleinere Wohnung nicht mitnehmen können, und ein Umzug wäre für sie viel zu teuer. Es zeigte ihr ökonomisches Verständnis, daß sie in einer Wohnung blieben, deren Mietkosten auch nicht in zwei Jahrzehnten die Kosten eines Umzuges aufwiegen. (Ungerechnet die Unbequemlichkeiten und lästigen Aufregungen bei einer solchen Fuhre, die selbst die Charmeure unseres staatlichen

Transportunternehmens ihren geschätzten Kunden nicht gänzlich ersparen können.)
Nein, die alten Damen zogen nicht um. Sie verschlossen sorglich die zwei überzähligen Zimmer, damit sie nicht verstauben. Und ich verstand sie, pries ihre persönliche Wirtschaftswissenschaft und machte mich auf den Heimweg. Und während ich vorsichtig die Wohnungstür öffnete, damit sie nicht dort lagernden Kindern und Büchern in den Rücken fällt, fragte ich mich, weshalb unsere Ökonomen nicht gelegentlich Vorlesungen bei den alten Damen belegen. Denn wer im Kleinen und Persönlichen so klug wirtschaftet, kann es gewiß auch im Größeren.

Nein, verehrter Verleger, Ihre mir drohend vorgehaltenen roten Zahlen schrecken mich nicht. Das ist nicht die „Alchimie des Büchermachens“, wie Sie zu scherzen belieben. Die Alchimie ist eine hohe Kunst und hat nichts mit Dunkelmännern, doppeltem Boden und doppelter Buchführung zu tun, und sie hat auch nie vergangene Tugenden beschworen, um damit gegenwärtige Untugenden zu kaschieren. Diese rote Zahlen sind den heiligen Kühen geschuldet, die von ihren Verehrern trotz der Hungernden nicht geschlachtet, sondern angebetet werden. Aber vermutlich ist das nicht nur Dummheit. Ein Kernchen Weisheit steckt auch in der größten Eselei. Vermutlich ahnt man, werden erst die heiligen Kühe geschlachtet, schlachtet man eines Tages auch die dazugehörigen Ochsen.
Ich bin, wie Sie wissen, ein höflicher Mensch und gehe nur auf jenes in Ihrem Brief ein, in dem wir ohnehin übereinstimmen. Aber erlauben Sie mir ein amüsiertes Naserümpfen. Ihre westeuropäischen Kollegen klagen, daß ihr Buchhandel ein halbes Jahr nach Erscheinen der Bücher diese an die Verlage zurückgibt, um das Sortiment „zu bereinigen“. (Ein Wort, das den Geruch von Autodafé hat, nicht wahr?) Sie aber sprechen bereits von Ladenhütern, wenn ein Buch nicht wie warme Semmeln sich verkauft, also in drei Stunden und drei Tagen ausverkauft ist. Sind Ihnen unsere Buchhandlungen noch

immer nicht leer genug? Was Sie ungerechtfertigt als Ladenhüter bezeichnen, sind Bücher, die ein halbes Jahr oder auch drei Jahre bis zum vollständigen Verkauf benötigen. (Aber was sagt das schon? Goethes *Faust* brauchte in der ersten Auflage sechzig Jahre, bis er vollständig verkauft war.) Diese Bücher sind die Existenzberechtigung unserer Buchhandlungen. Wenn Sie diese Bücher „bereinigen" wollen, sehen die Regale unserer Buchhandlungen aus wie die Regale meiner Weinhandlung (von meinem Käseladen ganz zu schweigen). Wann immer ich die traurigen Augen meines Weinhändlers sehe und sein resigniertes Kopfschütteln, frage ich mich, woher dieser tapfere Bursche die Kraft nimmt, jeden Morgen seine Weinhandlung zu öffnen und dennoch weiterzuleben. Wollen Sie unseren Buchhändlern auch ein solches Schicksal bereiten? Wußten Sie, verehrter Verleger, daß vor langer Zeit die Buchhandlungen als Sortiment bezeichnet wurden? Ein Name, der darauf verweist, daß einst die Sortimenter offenbar so etwas wie ein Sortiment vorzuweisen hatten. Wie seltsam es doch in den alten Zeiten zuging!
Was Sie recht voreilig als Ladenhüter bezeichnen, soll nun auch noch als Beleg für Erfolglosigkeit von Autoren herhalten. Ich dachte, darüber seien wir uns einig. Aber Verleger in diesem Land sind offenbar recht verwöhnt, denn es wurde üblich, daß ein lesehungriges Publikum vor Ihnen bettelnd auf den Knien rutscht. In den alten Zeiten, in denen es noch Sortimente gab, knieten die Verleger und Buchhändler vor den Kunden. Wie merkwürdig, nicht wahr?

Nein, der Verkauf sagt nur etwas über den Verkauf aus, nichts über den Erfolg. Georg Büchner z. B. verkaufte nichts. Und selbst als er sich entschloß, seine Schriften als kostenloses Flugblatt unters Volk zu bringen, wollte mans nicht haben, sondern brachte es zum Polizeirevier. Aber nennen Sie mir einen erfolgreichen dreiundzwanzigjährigen Autor!

Ein bißchen Sortiment täte unserem Sortiment gut, auch wenn man sich nun Buchhandlung nennt. Oder meinen Sie nicht auch, daß wenigstens Goethe, Schiller und meine Bücher in den Buchhandlungen stets vorrätig sein sollten? – Nein, Sie müssen mir nicht antworten. Ich weiß, Sie sind nicht meiner Meinung, sonst hätten Sie längst dafür gesorgt.Aber was, Verehrtester, verstört Sie, wenn ich sage, daß die Herstellung möglichst viel und schnell verkäuflicher Ware kein Ausdruck von Engagement ist. Es ist ein Ausdruck von kaufmännischem Geschick, Gespür für Geld und Kenntnis des Marktes. Warum möchten Sie so vielen Tugenden auch noch den Stempel von Engagement aufdrücken? Dann wären die Buch-Konzerne die engagiertesten Verleger, denn sie schmeißen schnell hinaus, was sich nicht schnell verkaufen läßt. Wollen Sie zwischen den Huren der Ackerstraße und ihren Kolleginnen, den Mädels im Hotel Metropol, wirklich so viel Unterschied machen? Sind die Metropolhuren für Sie engagierte Nutten, weil sie vielleicht schneller und mehr verdienen als die treuen Wegwächter meiner Abendschulzeit in der Linienstraße?
Dabei beweisen die Damen im Metropol doch nur ihre mageren monetären Kenntnisse, wenn sie glauben, sie bekommen ein besseres Geld in die Hand. Den Mädchen fehlt die politische Bildung, die wir beide haben: wir blicken in die Zeitung und wissen nun, daß eine Mark gleich einer Mark ist. Nur die kleinen Nutten wollen es nicht wahrhaben.
Da können wir zwei klugen Leute doch nur herzlich lachen, nicht wahr?
Ich schließe. Ich stecke den Brief noch heute in den Briefkasten. Morgen oder übermorgen wird er den Verlag erreichen und

vielleicht schon ein halbes Jahr später ihren Schreibtisch. Hoffen wir, daß wir dann alle noch leben und bei guter Gesundheit sind.

Herzlich

Ihr

Christoph Hein

In der Zeitung *Neues Deutschland* hatte die DDR-Regierung den offiziellen Wechselkurs von 1 Mark der DDR zu 1 DM deklariert, was mit der Wirklichkeit, gelinde gesagt, nichts zu tun hatte.

Die Ackerstraße in Berlin-Mitte wurde durch die Berliner Mauer geteilt. Die Straße fand auch in die Literatur Eingang und galt lange als eines der ärmsten Berliner Quartiere. Auch aus diesem Grund hielten sich hier lange oft heruntergekommene und billige Straßenmädchen.

Das 1977 eröffnete Ostberliner Fünf-Sterne-Hotel Metropol an der Friedrichstraße wurde bevorzugt von Handelsreisenden aus der ganzen Welt gebucht, und es schien beinahe eine Selbstverständlichkeit auch zu DDR-Zeiten, hier das devisenträchtige „älteste Gewerbe der Welt" professionell arbeiten zu lassen.

Berlin, am 15. 2. 89

Lieber Elmar Faber,
zur gleichen Zeit flattern mir zwei Briefe von Ihnen ins Haus mit merkwürdigen Daten. Um zu antworten, muß ich höllisch aufpassen, um nicht in der Verwirrung meine eigenen Briefe zu beantworten und zu zerpflücken. (Dabei bemerkte ich, daß Sie den leichteren Part unseres Briefwechsels haben: ich bin schnell zu widerlegen.) Es sind gewissermaßen Briefe, die in der vollendeten Vergangenheit und sogar in der vorvergangenen Vergangenheit geschrieben wurden. Da machts Mühe, noch durchzusehen. Aber Sie bemerken dazu nur generös: Damit kommen wir wieder ins Geschick.
Und nun kommt ein Akt der Zensur:
Seien Sie so lieb und bringen Sie Denis' Bücherkunde irgendwie hinein, aber nicht im Zusammenhang mit mir. Ich bin ein Deutscher und als solcher ein Mann von Grundsätzen. Einer von denen lautet: „Sage nie deiner Frau, was du deiner Freundin, und nie einer Freundin, was du deiner Frau schenktest. Das bringt nur Ärger."
Wie soll ich anderen Verlegern unter die Augen treten, falls diese Ihren Brief lesen?
Ich denke, wir telefonieren und sehen uns demnächst.
Ich grüße Renate sehr herzlich.
Mit den besten Wünschen
Ihr
Christoph Hein

PS: Die Antwortbriefe gehen mit gleicher Post an den Verlag.

Berlin, am 15. Februar 89

Lieber Elmar Faber,
gestern beklagte ich in einem Brief, was die Ökonomen – vermutlich um es mit der Bezeichnung auch gleich zu erklären – den „Zeitfaktor“ nennen. Heute liegt bereits Ihr Antwortschreiben in meinem Briefkasten. Verlage bleiben mir unbegreiflich.
Freilich, auch dieser Brief war vier Wochen von Ihrem zu meinem Schreibtisch unterwegs (Luftlinie 3,7 km). Das Gewöhnliche an diesem Vorgang ist, daß ein Brief im April geschrieben wurde, der andere neun Monate später und beide gleichzeitig bei mir eintreffen. Das ist die übliche, mir vertraute Verlagspraxis: wenn ich ein Manuskript im Januar 1986 abgebe und eins im Januar 1987, dann erscheinen selbstverständlich beide Bücher gleichzeitig im April 1989. Warum das so ist, weiß kein Mensch, aber alle haben sich daran gewöhnt. (Und nur die jungen Lyriker vom Prenzlauer Berg wittern dabei Unrat und Teufelei; aber seien wir unbesorgt, eines Tages resignieren auch sie.)
Rätselhaft ist allein, wie Sie mir am 20. Januar bereits auf einen Brief vom 14. Februar antworten konnten. Aber Frauen und Verleger haben nunmal etwas Rätselhaftes an sich, und wir einfacheren Gemüter sollten um ihrer Unbegreiflichkeit willen sie verehren, lieben oder ertragen.
Ihr Brief war für mich ein unverhofftes Wiedersehen und sollte es wohl auch sein, denn Sie beginnen ganz Hebel'sch mit einem wehmütigen Galopp durch die jüngste Verlagsgeschichte. Sie erwähnen dabei die Freidenker. Nun, wir sind – wie ein englischer Kollege anmerkte – nicht so jung, um ein Mädchen ihres Gesanges wegen zu lieben, noch so alt, um grundlos in sie vergafft zu sein: wir sollten uns also vor den Freidenkern hüten. Denn wenn wir das nächste Mal wegen eines fürchterlichen Vergehens auf der Straße von der Polizei gegriffen und zu einer höchst gerechten Geld- und Ordnungsstrafe überredet werden, könnte ein Verweis darauf, daß man Freidenker sei, nur die

fürchterlichsten Folgen zeitigen. Soll mutig sein und frei denken, wer will, wir beide wollen die Zeitung lesen und uns mit den dort verkündeten Freiheiten begnügen.
Ihr Hinweis auf Rowohlt ist überzeugend. Freilich, unsere Gespräche verlaufen völlig anders. In den tiefen Sessel werde ich noch gesetzt, aber schon meine Zigaretten muß ich selbst mit mir führen. Dann erklären Sie mir die ökonomischen Risiken, ein Manuskript wie das meine zu drucken. Und ich verweise Sie darauf, daß ich am Risiko auf jeden Fall beteiligt bin, schließlich habe ich ein, zwei, drei Jahre an dem Manuskript gesessen mit der Hoffnung als der einzigen Löhnung. Aus diesem kärglichen Grund möchte ich auch am eventuellen Gewinn beteiligt sein. Woraufhin Sie bei dem Wort Gewinn schmerzlich und mitleidig das Gesicht verziehen und aus der Buchhaltung umgehend die roten Zahlen kommen lassen.
Nun, es ist – und wir wissen es beide – eine Zeremonie, die uns beiden unsere Plätze weisen soll, was letztlich der Sinn jeder Zeremonie ist. Wir erledigen halt jeder unsere Pflicht, wenn wir uns gegenseitig die schwersten Vorhaltungen aller Sünden und Unterlassungen machen. Und wir tun unsere Pflicht bereits mit der angebrachten Nonchalance. Selbst der Buchhalter nickt mir gelegentlich aufmunternd zu, wenn er Ihr Zimmer betritt, um Ihnen die unentbehrlichen roten Zahlen in die Hand zu drücken. Wenn Sie dieses gewichtige Papier dann – ganz Staatsanwalt und Richter in einer Person – auf den Tisch fallen lassen, und ich darauf demonstrativ an meinem dünnen und mehrfach geflickten Jackett zupfe, ist der Moment gekommen, in dem Sie mich Ihres weiteren Wohlwollens versichern, sofern ich mich nur umgehend an meinen Schreibtisch begebe. Ich äußere dann noch einige wirsche und auch unwirsche Bosheiten, höre mir Ihre abschließenden Bemerkungen über bellende, nicht beißende Hunde an, und verlasse den Raum. Für immer, wie ich Ihnen jedesmal versichere.
Anschließend fällt mir nichts Besseres ein, als mich an den Schreibtisch zu setzen, ein Schreib- und Lohnsklave. Was Sie dann tun, ich weiß es nicht. Ein Kollege (keine Namen!)

versicherte mir, daß alle Verleger nach solchen Gesprächen derart erschöpft seien, daß sie anschließend die Buchattrappe aus dem Regal nehmen, den dahinter eingelassenen Wandsafe aufschließen und sich minutenlang beim Anblick der dort gestapelten und hübsch gebündelten Scheine erholen müssen. Ist es so? Und tatsächlich alle Verleger?

Verehrter Elmar Faber, offensichtlich verstehen Sie meine Briefe mit Absicht falsch. Auf die Art wird das ein unendlicher Briefwechsel, weil ich ja stets das bereits Gesagte wiederholen muß, und Sie lediglich ein neues Mißverständnis erfinden müssen. Ich weiß nicht, ob es Autoren gibt, die sich ihr Lesepublikum als Nimmersatt vorstellen. Ich bin eher überrascht, daß es Leute gibt, die für das, was mich interessiert (und das ich aus eben diesem Interesse aufschrieb), sogar Geld auszugeben bereit sind. Ich rede nicht für unsinnige Auflagen, für die es keinen Bedarf gibt. Ich sprach von einer fatalen Situation in unserem Land, die die Bedürfnisse der Buchkäufer nicht annähernd befriedigen kann. Unsere Buchhandlungen haben kein Sortiment, sondern lediglich ein Rudiment von Büchern. Wer sich in unseren Buchläden einen Überblick über die internationale wie nationale Literatur zu verschaffen sucht, wird zu bizarren Ergebnissen kommen.

Es geht nicht darum, Autoren Auflagen zu verschaffen, es geht darum, dem Leser ein Sortiment anbieten zu können. Und es geht dabei um Kultur. Denn da die Verlage – unverschuldet, das wissen wir – dieses Sortiment nicht liefern können, wechselt der Kunde den Laden und nutzt das wirklich bunte Sortiment des Fernsehens. (Ich bitte an dieser Stelle die Dresdner um Entschuldigung, aber nicht ich bin der Schuldige an den merkwürdigen Faltungen der Erdoberfläche und an dem ebenso verwunderlichen, wenn auch weniger merkenswürdigen Adlershofer Programm.)

Und ein Sortiment ist kein unerreichbares Schlaraffenland, vor sechzig Jahren gabs das noch. Und ich denke, da Sie gelegentlich reisen, um meine unverkäuflichen Bücher anderswo unterzubringen, haben Sie so etwas wie ein Sortiment schon gesehen. Aber Verleger müssen klagen, so wie die Drucker drucken und die Schreiber schreiben. Wenn ein Buch ihnen aus den Händen gerissen wird, sprechen die Verleger von Trivialliteratur. Liegts ein paar Tage in der Buchhandlung, nennen sies einen Ladenhüter. Da helf sich wer! Hatte ich Ihnen eigentlich schon von meinem Kartoffelhändler erzählt? Der träumt immer noch von seiner goldenen Zeit, den Nachkriegsjahren. Da konnte er in jedes Kilo Kartoffeln noch einen Feldstein legen, kein getäuschter Käufer wagte es, sich zu beschweren. Heute dagegen, klagte er mir sein Leid, bringen die Leute ihm seine Kartoffeln zurück, bloß weil sie ungenießbar sind. Ja, die Zeiten und die Leute sind schlecht.

Sie erwähnten einen C.-Hein-Verlag. Das muß Ihnen ein Vögelchen gesteckt haben. Oder habe ich unvorsichtigerweise etwas verlauten lassen? Seien Sie unbesorgt, der Verlag kommt und macht Ihnen Konkurrenz. Aber der Autor Hein wird in diesem Verlag nicht erscheinen, den können Sie behalten. Wenn ich mir als Autor noch Großzügigkeit leisten kann, als Verleger kann ich es nicht. Nein, da verlange ich etwas mehr. Mein vollständiges Verlagsprogramm werde ich Ihnen rechtzeitig zukommen lassen. Nur so viel sei daraus schon heute verraten: zeitgenössische Autoren sind dort jederzeit willkommen, wenn sie nur 1.) einen Nobelpreis für Literatur haben und 2.) überdies noch gut schreiben. Sie merken schon, es soll ein recht populäres Unternehmen werden.

Schon jetzt: kollegiale Grüße

Ihr

Christoph Hein

Der Dresdner Raum konnte in der DDR-Zeit keine Sendesignale der beiden westdeutschen Programme ARD und ZDF empfangen.

Die Sendestudios des DDR-Fernsehens befanden sich in Berlin-Adlershof.

Berlin, am 22. 2. 89

Lieber Elmar Faber,
die Presse des Landes reagiert – wieder einmal – sehr merkwürdig und aufschlußreich in der Angelegenheit des Kollegen Salman Rushdie. Öl- und Kaffeegeschäfte sind halt etwas Feines und real-existierend.
Ich bin dabei, den P.E.N. zu einer Stellungnahme zu bewegen, aber das ist ein Jagdhund, den man zum Wild tragen muß. Ich weiß noch nicht, wie diese Sache ausgeht, möglicherweise mit meinem Austritt.
Dank für die Glückwünsche zum Lessingpreis. Wir wollen aber alle nicht vergessen, man hat Gotthold Ephraim nicht gefragt. Ich werde also nicht allzu laut auf diesen Preis pochen, um nicht den möglichen Unmut des großen Alten aus Kamenz zu erregen.
Die von Ihnen befürchteten Schwierigkeiten beim *Tangospieler* sehe ich nicht: den Satz vom geraden Weg als Labyrinth sagt ja ein Arbeiter, oder – um im Stil meiner Rezensenten zu bleiben – ein Vertreter der Arbeiterklasse.
Den Hacks habe ich schnell und gern gelesen. Ich teile ganz Ihre Auffassung. Ich erlaube mir die Dummheit, eigene Briefe zu zitieren, nur um nicht nochmals aufzuschreiben, was ich sagte.
Dem Peter Hacks schrieb ich:
„Was Sie mir da als *mal was andres* ankündigen, hat ja ein anständiges Gewicht.
Ich habe das Buch – wie einst Ricardo, Smith und Marx – mit dem Vorsatz zum Widerspruch gelesen. Ich war sicher, die Fehler zu finden, da ich sicher war, daß Ihre Ästhetik nur Ihre Ästhetik berücksichtigt. Nun ja, man täuscht sich auch im Alter.
Die kleinen Sottisen bedauere ich aus einem Grund: sie kränken den klassischen Text und machen in 50 Jahren aufwendige, häßliche und erklärende Anmerkungen notwendig.
Die Arbeit zeigt, daß man mit Arbeit sich alle seine Wünsche erfüllen kann, z. B. den nach einer Ästhetik von Marx, aber unter einem falschen Namen. Marx, denke ich, wird zu Ihrem

Buch anmerken, daß er – hätte er nur etwas mehr Zeit und Geld besessen – auch nur ein schmales Buch und nicht drei dicke Wälzer schreiben mußte.“

Und an Lothar Baier:
„Ich lege Ihnen ein Büchlein bei von einem klugen und bornierten Mann, der durch Hybris in Ost und West zur Unperson wurde. Das Büchlein ist lesenswert und gut gearbeitet. Wieder sind ein paar Dummheiten der witzigen Formulierung geschuldet, aber erträglicher als früher. Ungewöhnlich – wenn auch nicht für Hacks, aber für die Mode –, er steht und wieder gern gegen die Zeitströmung. Er hat zweifellos nichts weniger vor, als die ausgebliebene marxsche Ästhetik zu liefern – und liefert viel. Aber, er ist Unperson –, man wird's übersehen.“

Ich hörte, Sie seien krank. Also vermute ich, daß Sie zu Hause sitzen und so etwas Schönes schreiben wie den *Kunstgott und Kunstteufel.* Warum sonst sollte ein Mensch krank sein?
Mit den besten Grüßen

Ihr
Christoph Hein

Mit den kleines Sottisen ist z. B. ein häßlicher Auswurf zum Werk der Berliner Malerin Heidrun Hegewald gemeint, die einst eine Liaison mit Peter Hacks hatte.

Lothar Baier (1942 – 2004) war ein deutscher Schriftsteller, Publizist und Übersetzer, mit dem CH ein freundschaftlich-kollegiales Verhältnis pflegte.

Kunstgott und Kunstteufel zitiert die Laudatio, die EF auf den Kunstkritiker Lothar Lang zu dessen 60. Geburtstag hielt.

o. O., 25. 8. 89

Lieber Elmar Faber,

Schlossers Tod war wohl für uns alle ein Schock, ich konnte es einfach nicht glauben, ich kanns immer noch nicht. Dank für die Rede. Sie war sehr gut, fern von jener so unausweichlich scheinenden, freundlich gemeinten pfäffischen Salbaderei, die uns sonst an Gräbern erwartet.
An dem Tag wollte ich Sie nicht stören, will Sie aber noch informieren: Grass will eine (groß aufgezogene) Rushdie-Lesung im Dezember machen und bat mich, daran teilzunehmen. Ich habe nichts dagegen, möchte ihm aber vorschlagen, diese Lesung in der DDR zu wiederholen. Wissen Sie, ob und wann die *Satan. Verse* erscheinen?
Ich hoffe, Sie haben sich erholt. Ich ahne, Sie haben viel zu tun. Ich wünsche Ihnen, daß Sie einen guten Cheflektor finden.
Herzlich

Ihr
Christoph Hein

Beiliegend noch ein Bücher-Zettelchen.

Hans-Kristian Schlosser war viele Jahre der Cheflektor des Aufbau-Verlags. Er verstarb unerwartet 1989. EF hielt die Grabrede.

1988 veröffentlichte Salman Rushdie *Die Satanischen Verse* und wurde dafür im Februar 1989 vom damaligen iranischen Staatspräsidenten Ruhollah Khomeini in Abwesenheit zum Tode verurteilt.

Berlin, am 27. 10. 89

Lieber Elmar Faber,
vermutlich bekommen Sie zur Zeit tausend harsche Aufforderungen von Autoren u. a., endlich den Janka herauszugeben. Das Neue Denken tritt als Neuer Opportunismus auf.
Also schließe ich mich an: Wann, Herr Faber, gedenken Sie endlich, den Janka ...? Aber wahrscheinlich liegt der längst in der Druckerei. Aber darf ich Sie auf ein anderes Buch aufmerksam machen, von dem Sie sogar noch die Weltrechte bekommen können: die Erinnerungen von meinem Freund Gustav Just, ehemaliger stellvertretender Chef beim SONNTAG und dann – und im Grunde deswegen – mit Janka vier Jahre in Haft.
Wenn ich dabei irgendwie behilflich sein kann, dafür würde ich jede Hilfe-Hand geben.
Herzlich
Ihr
Christoph Hein

Walter Janka (1914 – 1994) war von 1953 bis zu seiner Verhaftung im Dezember 1956 Verleger des Aufbau-Verlags. Im Juli 1957 wurde er „als Teilnehmer einer konterrevolutionären Gruppe" bei Mißachtung aller Rechtsnormen von einem DDR-Gericht zu fünf Jahren Zuchthaus verurteilt. Im Dezember 1960 wurde er auf Grund internationaler Proteste vorzeitig aus der Haft entlassen. Im Oktober 1989 erschienen im Rowohlt Verlag seine Erinnerungen an den Prozeß unter dem Titel *Schwierigkeiten mit der Wahrheit*. Der Aufbau-Verlag reagierte im Frühjahr 1990 darauf mit einer Veröffentlichung der Briefe an Walter Janka *Nach langem Schweigen endlich sprechen*.

Der *Sonntag* war eine 1946 gegründete kulturpolitische Wochenzeitung, die in Berlin bis November 1990 erschien und vom Kulturbund der DDR herausgegeben wurde.

Die Erinnerungen an die fünfziger Jahre von Gustav Just (1921 – 2011), auf die CH hinweist, erschienen mit einem Geleitwort von CH unter dem Titel *Zeuge in eigener Sache* zeitgleich 1990 im Berliner Buchverlag Der Morgen und im Luchterhand Literaturverlag Frankfurt a. M.

Berlin, am 22. Februar 90

Lieber Elmar Faber,
ich bedauere, daß Sie für den Autoren-Mitbestimmungs-Vertrag nicht zu gewinnen sind. Dieses Modell, mit dem ich bei Luchterhand Erfahrungen machte, funktioniert nicht glänzend, war aber doch für die Autoren etwas hilfreich beim Verkauf des Luchterhand-Verlages.
Die Verlagslandschaft in der DDR verändert sich und wird sich weiter verändern. Rechtloser als beim Luchterhand-Verkauf möchte ich nicht sein: ich bin kein Lohnschreiber und kein Verlagseigentum. Bevor ich den Vertrag für den Essai-Band *(Als Kind ...)* unterschreibe, möchte ich mit dem Aufbau-Verlag vereinbaren:
1.) Bei einem Verkauf des Aufbau-Verlages an einen neuen/anderen Besitzer,
2.) bei jeder Art des Eigentümer-Wechsels oder bei Veränderung der zur Zeit bestehenden Struktur des Aufbau-Verlages,
3.) bei Veränderungen bzw. bei einem Wechsel jener Personal-Positionen im Aufbau-Verlag, die mich direkt betreffen (Verlagsleiter, Lektor),
muß ich befragt und mein Einverständnis eingeholt werden. Andernfalls habe ich das Recht, sämtliche der mit dem Aufbau-Verlag geschlossenen Verträge zu kündigen. In diesem Fall habe ich innerhalb von 6 Monaten nach dem Bekanntwerden der unter 1.–3.) genannten und ohne mein Einverständnis und ohne meine Zustimmung erfolgten Veränderung dem Aufbau-Verlag (bzw. seinem Rechtenachfolger oder -inhaber) mitzuteilen, daß die Verträge mit dem Aufbau-Verlag ungültig sind.
Der Verlag darf dann keinen meiner Titel mehr neu auflegen. Für den Verkauf von Lagerbeständen meiner Bücher stehen ihm die der Kündigung folgenden 3 Monate zur Verfügung; während dieser Zeit dürfen die im Aufbau-Verlag noch vorhandenen Hein-Titel von keinem anderen deutschsprachigen Verlag im Verkaufsraum des Aufbau-Verlages angeboten werden (nicht

betroffen davon sind die von mir oder dem Aufbau-Verlag vor der Kündigung an andere Verlage vergebenen Rechte).
Der Aufbau-Verlag darf keine Lizenzen mehr vergeben und hat alle vergebenen Rechte zurückzufordern bzw. darf diese nicht erweitern oder verlängern.
Falls ich meine Buch-Rechte einem anderen Verlag übergebe, ist der Aufbau-Verlag verpflichtet, diesem alle gewünschten und/oder notwendigen Informationen zu übergeben (über Lagerbestände, Verkaufszahlen, Lizenzen, ausländische Partner etc.).

Lieber Herr Faber, ich bitte Sie, als Verlagsleiter meinen Forderungen zuzustimmen, die Kopie dieses Schreibens zu unterzeichnen und sie mir zurückzugeben.

Christoph Hein

o. O., am 9. Juli 90

Lieber Elmar Faber,
wunschgemäß bestätige ich Ihnen hiermit schriftlich, daß mein Brief und unsere Vereinbarung über Konsequenzen bei Veränderungen im Verlag, über die ich nicht informiert wurde bzw. die ohne meine Zustimmung und gegen meinen Willen erfolgten, vom 22.2.90 hinfällig sind und vernichtet werden, sobald der Autorenrat des Aufbau-Verlages/Rütten & Loening rechtswirksam ist, also auch vom Rechtsträger des Verlages als vollgültig und rechtskräftig akzeptiert und respektiert ist.
Mit besten Grüßen

Ihr
Christoph Hein

Neben CH, als deren Sprecher, gehörten weiterhin dem 1990 gegründeten Autorenrat an: Heinz Kahlau, Helga Königsdorf, Erwin Strittmatter und Christa Wolf. Teilweise wurden sie unterstützt von Günter Grass und Peter Härtling, die als gelegentliche Gäste ihre Erfahrungen mit einem Autorenbeirat im Luchterhand Literaturverlag einbrachten.

Der Brief ist vermutlich rückdatiert. An anderer Stelle in den Aufzeichnungen von EF findet sich eine Gesprächsnotiz von einem Treffen mit CH am 2. Juli 1990 im Französischen Hof am Berliner Gendarmen-Markt, bei dem diese Forderungen gemeinsam besprochen wurden.

Berlin, am 29. 12. 1990

Lieber Christoph Hein,
wir haben uns endgültig vereinbart, daß Ihre Texte
Zur Frage der Gesetze
Der Name
Der Krüppel
Eine Frage der Macht
Ein Exil
Die Vergewaltigung
die Sie später mit anderen Texten in einem Band unter dem Sammeltitel „Ein Album Berliner Stadtansichten“ zusammenfassen wollen, vorerst als ein Druck der SISYPHOS-PRESSE erscheinen sollen.
Den Titel für den Druck in der SISYPHOS-PRESSE haben wir noch nicht endgültig vereinbart, uns aber auf den Arbeitstitel *Die Vergewaltigung* geeinigt, der mir übrigens in nachträglichen Überlegungen nicht dumm erscheint.
Sie wissen, daß die Rechte, die Sie mir übertragen, zeitlimitiert sind.
Ich werde mit dem Druck in der SISYPHOS-PRESSE 1991 erscheinen, in welchem Vierteljahr weiß ich noch nicht zu sagen. Wir wollen davon ausgehen, daß die Veröffentlichung der Texte in einem späteren Erzählungsband erst 1992 erfolgen kann, keinesfalls – dies meine Überlegung im Nachgang zu unserem Gespräch – früher als 9 Monate nach Erscheinen des PRESSE-Drucks.
Sie werden das verstehen. Ich arbeite in der SISYPHOS-PRESSE grundsätzlich mit unveröffentlichten Texten, die eine zeitliche Sperrfrist haben.
Ich werde Ihnen im Januar 1991 den Vertrag ausstellen und Ihnen die vereinbarten 10.000 DM brutto auf Ihr Konto überweisen, sobald er unterschrieben ist.
In den nächsten Tagen werde ich mit Arno Mohr sprechen, den wir uns beide als Illustrator wünschen. Wenn er nicht zusagt, so hieße der Künstler, den Sie bevorzugen, Dieter Tucholke. Ich

habe noch andere Grafiker im Sinn, u.a. Bernhard Heisig, Dieter Goltzsche oder Stefan Wagner.
Wir werden sehen, wie es ausgeht.
Ich freue mich sehr über unsere Übereinkunft, wünsche Ihnen und Christiane für 1991 Kraft und Gesundheit sowie Glück für alle literarischen Unternehmungen.
Ich möchte Ihnen in jeglicher Form ein Freund bleiben.
Mit freundlichen Grüßen

Ihr
Elmar Faber

Die SISYPHOS-PRESSE hatte EF gemeinsam mit Eckhard Hollmann, damals noch Lektor bei der Edition Leipzig, 1984 begründet. Als erster Druck der Presse erschien 1995 Franz Fühmanns *Dreizehn Träume* mit sechs Original-Lithographien von Nuria Quevedo. Nach dem Erscheinen des Dritten Drucks kauften im August 1990 Elmar und Michael Faber das Label von Edition Leipzig und gründeten am 1. September 1990 den Verlag der SISYPHOS-PRESSE Faber & Faber in Berlin.

Die Texte erschienen unter dem Titel *Die Vergewaltigung* als Vierter Druck der SISYPHOS-PRESSE im Sommer 1991, mit sechs Kombinationsdrucken (Radierungen und Prägedruck) von Dieter Tucholke.

Erst 1994 erschien im Aufbau-Verlag der Titel *Exekution eines Kalbes und andere Erzählungen.* Dort fanden alle Erzählungen Aufnahme.

Berlin, am 5. April 91

Lieber Elmar Faber,
ich bedauere sehr, daß ich am 1. April nicht bei Ihnen sein konnte, aber es gab Familientag. Am Vortag hatte ich – leider vergeblich – versucht, es Ihnen persönlich zu sagen. Nun also nachträglich und nochmals alles Gute. Sie müssens und könnens gebrauchen.
Zum Almanach kommt von mir nichts. 1. bekomme ich inzwischen wöchentlich 2 bis 5 Bitten um einen kleinen Beitrag oder eine kleine Rede von Zeitungen / Zeitschriften / Veranstaltern etc., was mich – laut Auskunft der Anfragenden – kaum Zeit kosten würde, mich tatsächlich aber um alle Arbeitszeit und langsam um den Verstand bringt.
Und 2. habe ich derzeit ohnehin nicht den Kopf für einen feuilletonistischen Beitrag.
Wenn ich jemals noch etwas schreiben will, muß ich halt grundsätzlich Nein sagen. Sonst werde ich aufgefressen.
Ich bitte um Verständnis.
Beste Grüße an Renate
Herzlich
Ihr
Christoph Hein

Im ersten Produktionsjahr des Verlags Faber & Faber erschien auch ein Almanach unter dem Titel *Sisyphos der Erste.* EF hatte CH eingeladen, sich mit einem kleinen Beitrag daran zu beteiligen.

Berlin, am 25. August 91

Lieber Elmar Faber,
nach unserem Gespräch bin ich doch etwas beunruhigt. Über die Treuhand wissen wir ja inzwischen ausreichend Bescheid. Der Wechsel an der Spitze ist sicher nicht nur für unseren Verlag ungünstig. Von dieser Frau Thatcher dort ist das Schlimmste zu erwarten.
Ich sehe für uns und auch für Sie ziemlich schwarz. Frühere Verdienste gelten nichts und werden sogar als Gegenbeweise geführt. Die Ausschreibung des Verlages – mit der dabei notwendigen Offenlegung aller Finanzen und Verbindlichkeiten – wird auch nicht stabilisierend wirken.
Ich brauche den Vertrag dringender denn je. Irgendwann ist es zu spät. Und das Leben straft auch bei Nicht-Verspätung genug.
Sie bekommen – wenn wir uns demnächst sehen – die erneuerten Verlagsverträge von mir.
Beste Grüße an Renate.
Herzlich
Ihr
Christoph Hein

Mit Frau Thatcher war Birgit Breuel gemeint. Sie war von September 1990 bis April 1991 Mitglied des Vorstandes und nach der Ermordung des Präsidenten Dr. Detlev Karsten Rohwedder übernahm sie die Leitung der Treuhandanstalt am 13. April 1991. Aus dieser Funktion schied sie 1995 wieder aus.

Berlin, am 3. 1. 92

Lieber Elmar Faber!
Am Wochenende war ich bei Christoph, er bat mich, Dir vorerst mitzuteilen:
Er wird den Brief an ihn beantworten, wenn er in der Lage ist, längere Briefe zu lesen.
Er weiß noch nicht, wann er aus dem Krankenhaus entlassen wird.
Auch wenn er vor dem 27. 11. aus dem Krankenhaus entlassen würde, wäre es ihm unmöglich, an der Veranstaltung in Leipzig teilzunehmen, er kann für mindestens das nächste halbe Jahr keine Termine dieser Art wahrnehmen.
Der Brief von Dir ist vom 20. 10., für den 20. 10. erwartete Christoph eine Entscheidung bezüglich eines früheren Briefes von ihm. Er bittet herzlichst um eine Antwort auf diesen Brief.
Mit vielen Grüßen
Christiane Hein

Christoph geht es gut, er hat viel durchzustehen. Er möchte keine Besuche in Frankfurt empfangen. Die medizinische Betreuung ist sehr gut.

Berlin, am 5. Januar 1992

Lieber Elmar Faber,
ein gutes 1992 Ihnen und Ihrer Familie.
Das vergangene Jahr war schlimm genug; es besteht also begründete Hoffnung, daß das kommende ein klein wenig besser wird.
Herzlichen Dank für die schöne Post. Das Haus Faber & Faber wartet ja mit einem vorzüglichen Almanach auf. Ich glaube, Sie haben hier für die Verlags- und Buchgeschichte – wenn es überhaupt so etwas künftig noch geben wird – einen kostbaren Baustein geliefert. In hundert Jahren werden Sie damit die besten Preise bei Auktionen erzielen. Gewissermaßen „ein van Gogh des Verlagswesens". Freilich sind die Burschen zu Lebzeiten alle verhungert. In unseren Künsten lebt es sich nach dem Tod wesentlich besser.
Sehr herzliche Grüße an Renate. Ich hoffe, Sie hatten ein paar ruhige Tage zwischen den Jahren.
Herzlich

Ihr

Christoph Hein

PS: Wie bereits mehrmals mündlich, nun einmal schriftlich: ich kann in Karlsruhe nicht lesen.
Oder Sie als Verleger sollen über ihre Autoren entscheiden: entweder schreiben oder vorlesen. Wenn Sie sich für das Vorlesen entscheiden, dann stelle ich das Schreiben endgültig ein und erwarte vom Aufbau-Verlag den entsprechenden Vorlese-Vertrag.

Berlin, am 25. Februar 92

Lieber Elmar Faber,
es gab vor einigen Tagen eine merkwürdige Information aus dem Aufbau-Verlag.
Ein Mitarbeiter des Verlages berichtete mir, daß der Programmdirektor von „Rütten & Loening“, Herr Heydenbluth, auf einer Sitzung der Abteilungsleiter mitgeteilt hätte, „Herr Hein habe sich im Rahmen der Währungsumstellung und vermittels des Aufbau-Verlages eine Viertelmillion Mark beschafft“.
Ich habe daraufhin einen anderen Teilnehmer dieser Sitzung angerufen, der mir bestätigte, daß diese Behauptung dort gefallen sei, und zwar als Antwort auf eine Bemerkung von Herrn Schlasa, der dort gesagt habe, daß Autoren wie Hein auf Dauer mit 600 Mark im Monat wohl kaum zufrieden sein würden (eine Bemerkung, die nicht ganz korrekt ist, da ich nach der letzten Abrechnung monatlich 800 Mark erhielt).
In den letzten zwei Jahren habe ich einige Unverschämtheiten und Versuche von Denunziationen erlebt. Was ich nun aus dem Hause Aufbau höre, übertrifft aber alles, und ich werde prüfen, ob ich mit rechtlichen Mitteln gegen diese Verleumdung vorgehen kann.
Es gab und gibt die verschiedensten Versuche, die ostdeutschen Schriftsteller abzuschaffen. Es zu erreichen, indem man sie bzw. mich in einen direkten oder auch nur indirekten Zusammenhang mit kriminellen Delikten bringt, ist neu und überrascht.
Ich weiß, es ist heute in Deutschland die Zeit der Denunzianten. Und ich weiß auch, daß selbst die verlogenste und übelste Denunziation für das Opfer nicht folgenlos bleibt.
Ich werde mich wehren.
Lieber Herr Faber, ich weiß nicht, wie es zu dieser denunziatorischen Äußerung kam. Ich kenne nicht den Hintergrund und die Ursachen. Falls diese verleumderische Behauptung irgend etwas mit meinen Schulden beim Verlag zu

tun haben sollte, möchte ich dazu feststellen: 1. Ich weiß, daß ich noch Schulden beim Verlag habe. Zum einen sind es Schulden, die ich nicht verursacht habe, sondern die entstanden, weil ein bzw. zwei Titel zu spät (und dann in einer viel zu hohen Auflage) erschienen sind. Ich hatte Sie damals mehrmals davor gewarnt: nun haben der Verlag und ich diese Schulden zu tragen. Aber in diesem Fall bin ich schuldlos.
Im anderen Fall habe ich die Schulden zu verantworten. Diese Schuld soll bis zum Ende des Jahres 1992 getilgt werden. Wie bereits im Dezember 1990 biete ich Ihnen wiederum an, diese Schulden umgehend zu tilgen. Jedes noch so windige Kreditunternehmen scheint mir seriöser und für eine Verschuldung meinerseits geeigneter zu sein.
Dieser Vorgang ist für mich unangenehm und widerlich. Ich werde Konsequenzen ziehen müssen – schon um künftig eine so erhebliche Störung meiner Arbeit auszuschließen.
Mit freundlichen Grüßen

Christoph Hein

Berlin, den 10. 9. 92

Lieber Christoph Hein,
ich habe Sie in den letzten 24 Stunden telefonisch zu erreichen versucht, bin aber günstigenfalls nur mit Ihrem Anrufbeantworter in Berührung gekommen.
Hier ist das Problem, das ich mit Ihnen austauschen wollte.

Ich werde – wenn die Modalitäten für eine Vertragsauflösung unterschrieben sind – in den nächsten Tagen den Verlag verlassen. Als Grund für das Ausscheiden wird vermutlich in einer entsprechenden Erklärung angegeben: nicht überbrückbare Meinungsverschiedenheiten zur Programm- und Geschäftspolitik.

Worum geht es eigentlich?

In den letzten Monaten hat es viele gleichermaßen anregende wie anstrengende, in letzter Zeit häufiger zermürbende Debatten um die Programm- und Geschäftspolitik in der Gesellschaftergruppe gegeben, die am letzten Dienstag morgen – für mich dennoch höchst unerwartet – in einer persönlichen Aussprache zwischen Herrn Lunkewitz und mir mündeten, während der mich Herr Lunkewitz bat, doch einen Antrag für meinen Rücktritt zu stellen (Sie sehen, da hat sich gegenüber alten ZK-Zeiten in der Form nichts geändert). Ich mußte diese vorgeschlagene Selbstentmündigung freilich ablehnen, das versteht sich, aber andererseits entzieht dieser Vorgang jegliche Grundlage für eine weitere Zusammenarbeit zwischen dem Hauptgesellschafter und mir. Es scheint alles auf eine schnelle Vertragslösung hinauszulaufen.

Sie kennen mein Verlagsmodell. Aufbau soll ein literarischer Verlag und ein Autorenverlag bleiben mit einem Erscheinungsbild, das ein weltliterarisches ist und das viele literaturgeschichtliche Perioden schlaglichtartig oder

systematisch belichtet. Aufbau als Verlagsgruppe hat in diesem Verlegermodell mehrere wichtige Standbeine: das Aufbau-Hardcover-Programm, den Aufbau Taschenbuch Verlag, ab Herbst 1992 ein Sachbuch-Programm und Rütten & Loening als buchkulinarische Spielwiese. Alles hat für sich genommen seine wesentliche Bedeutung, denn nur über die bewußte Segmentierung des Programms erreicht man im literarischen Verlag den ökonomischen Erfolg.
Wir wissen, lieber Christoph Hein, miteinander zu gut, wie unterschiedlich ein Literaturbegriff ausgelegt werden kann, und ich weiß, daß es höchst verwogen und höchst verworren ist, will man für einen Verlag die Herausgabe „anspruchsvoller Literatur" reklamieren. Ich weiß zum Schluß auch nicht, was das genau ist, aber ich möchte doch in dem Geheimbund bleiben, in dem Urteil und Feeling zu Stoff und Ästhetik und Kultur des Buches am Ende die Formulierung hergeben: das ist anspruchsvolle Literatur.

Ein solches Verlagsmodell durchzustehen verlangt in heutiger Zeit Geschmack, Courage, Stehvermögen und Geld, und erst dachte ich, daß Herr Lunkewitz zum geistigen und ökonomischen Schirmherrn einer solchen Sache wie geboren sei. Ich mußte aber ziemlich rasch mit Beobachtungen Bekanntschaft machen, die mich irritierten. In öffentlicher Rede hören sich Herrn Lunkewitz' Verlagsinteressen wie feinsinnige, hoch- und wohltönende verlegerische Kabinettstücke an („wir sind der Suhrkamp des Ostens" etc.), bei zugezogenen Gardinen wird daraus aber zu rasch die kleinkarierte Kleinkrämerei, die nur noch den schnellen Gewinn – den schnellen, betone ich – im Auge hat. Für Augenmaß für einen sensiblen literarischen und verlegerischen Organismus bleibt da wenig Raum, und Tagesinteressen verstellen den Blick für einen mittel- und langfristigen anspruchsvollen Programm-Kurs. Ich täte Lunkewitz unrecht, wenn ich dabei vergessen würde, daß es sein Geld ist und nicht das meine, was vorerst angelegt wird (und nicht weggeworfen, wie er es zu apostrophieren beliebt).

Unruhe – nicht schöpferische, das ist etwas anderes – ist aber ein Vorspiel von Mißerfolg. Wenn die Kräfte so aufs Äußerste angespannt sind wie in unserem Verlag, bleiben selbstverständlich kontroverse Ansichten nicht aus. Das ist ein glücklicher Zustand und ein produktiver dazu, und außerdem ist es das Natürlichste von der Welt. Bitterkeit stellt sich nur ein, wenn sich Leute finden, die äußerste Anspannung benutzen, um ihr eigenes Süppchen zu kochen. Und so hat bedauerlicherweise auch die Aufbau Verlagsgruppe ihren kleinen Napoleon im Haus. Er weiß nur noch nicht, daß er nicht das charakterliche Maß besitzt, um Goethe zu treffen. Also lassen wir das.

Ich möchte wirklich nicht recht behalten, aber ich sehe mit meinem Ausscheiden eine weitere Reduzierung der Mannschaft und eine weitere Reduzierung des Programms und selbstverständlich eine Trivialisierung des Bücherangebots und den Verlust der literarischen und bibliophilen Zeitschriften voraus. Vielleicht ist das alles notwendig, aber gut ist es nicht, und so will der Reeder, als den sich Herr Lunkewitz herausgestellt hat, den Kapitän des traditionellen Aufbau-Programms nicht mehr an Deck haben, weil der den neuen Kurs nur zu schwerfällig in die richtige Richtung bringt.

Ich räume die Brücke ohne Schmerz, aber mit viel Wehmut, weil ich mir vorgenommen hatte und es auch zustande gebracht hätte, die Aufbau Verlagsgruppe in wenigen Jahren auch ökonomisch an die Seite der angesehenen Literaturverlage zu führen, zu der sie ohnehin und seit langem gehört.

Ich drücke Ihnen die Hand als meinem Autor, mit dem ich durch manchen Sturm (die „DDR-Stürme" sind vor allem gemeint) gegangen bin, und grüße in Ihnen als Sprecher des Autorenrates meine ganze Autorenmannschaft. Ich wollte für meine diesjährige Pressekonferenz am 24. September und für die sich anschließende Frankfurter Buchmesse einen Slogan ausgeben: „Qualität hat einen Namen: Aufbau-Verlag Berlin und

Weimar", und nun wünsche ich mir einfach, daß Autoren und Verlagsteam diesem Verlegeretikett treu bleiben.

Was werde ich tun, wenn der Abschied vollzogen ist? Ich werde mich ausruhen, das ist nötig, und bestimmt bleibe ich der Branche treu. Der Teufel weiß, wie die Mühlen malen, aber schon über Nacht gibt es neue Angebote, und dann gibt es für mich eine neue Hauptsache: den weiteren Aufbau des Verlages Faber & Faber.

Ich grüße Sie herzlich
Ihr
Elmar Faber

1991 übernahm der 1947 geborene Immobilienmakler Bernd F. Lunkewitz als Mehrheitsgesellschafter (75%) gemeinsam mit dem ehemaligen Bertelsmann-Vorstand Dr. Ulrich Wechsler (20%), dem Buchhändler Thomas Grundmann und dem Verlagsberater Dr. Eberhard Kossack als Minderheitsgesellschafter die Aufbau-Verlagsgruppe von der Treuhandanstalt. Es war aber bereits nach nur wenigen Monaten deutlich geworden, daß Bernd F. Lunkewitz keinesfalls nur stiller Gesellschafter sein, sondern selbst verlegerisch handeln wollte.

Berlin, am 20. Oktober 1992

Lieber Christoph Hein,
ich hatte vor einiger Zeit mit Christiane telefoniert und erfahren, daß Sie gerade in Darmstadt wären. Daraufhin wollte ich Sie am Montag vormittag, 12. Okt., aus Falkensee anrufen, weil ich diese eine Woche dort draußen gearbeitet habe. Aber wie das Leben so spielt, es waren wieder die beiden schneller erreichbaren Telephonhäuschen demoliert, und so schleppte sich der Vorsatz ein wenig hin, mit Ihnen ins Gespräch zu kommen. Als ich nun gestern, wieder ein Montag, erneut mit Christiane telephonierte, lief mir der kalte Schrecken den Rücken herunter, als ich von Ihrem Krankenhausaufenthalt hörte. An welch seidenem Faden doch unser Glück, vielleicht gar unser Leben hängt. Wenn eine Schwäche oder ein Unglück so unverhofft kommt, empfindet man das doppelt arg und niederträchtig. Und dabei weiß ich nicht einmal, was Aneurysma eigentlich ist.

Jetzt drücke ich Ihnen ganz einfach ganz fest die Hand und wünsche Ihnen aus der Ferne, daß Sie heil, ganz heil aus der Sache herauskommen, und Santolina, das ist das von mir als Thüringer Naturheilfanatiker angerufene schutzheilige Kraut, möge Ihnen beistehen. Wenn Sie wieder in Berlin sind, werde ich mir Mühe geben, Sie rasch zu sehen, um den gesunden Freund zu umarmen. Dann wird auch die Aufregung von Renate hoffentlich schnell beizulegen sein.

Übermorgen gehen wir übrigens zur Finissage von Dieter Tucholke nach Grünau, und man wird Sie dort schmerzlich vermissen. Sie wollten doch bei dem Abreißen dabei sein! Ich hingegen mache Ihnen ein Angebot zum Aufbau, zum Aufbau einer neuen Bücherreihe, die ab Herbst 1993 bei Faber & Faber erscheinen soll. Die Sache läuft im Gedanklichen im Moment unter dem Arbeitsbegriff – Sie können auch Verlegeretikett dazu sagen – „Die Sisyphosse. Eine lästige Bücherreihe“. Ein

Bildchen finden Sie dazu. Die Reihe befaßt sich mit zeitgenössischer Literatur und widmet sich allen Genres, und sie spielt auf den Umschlägen mit Originalgrafik. Halten Sie Absicht und Grobentwurf aber noch geheim. Nicht geheim bleiben freilich darf die Überlegung, daß ich mit einem Text von Christoph Hein starten möchte. Werden Sie Ja sagen? Vorerst handelt es sich um fein broschierte Ausgaben (das Buchkulturelle aber immer mit im Vordergrund) zwischen 18,– und 48,– DM. Damit runde ich die Bestrebungen der SISYPHOS-PRESSE gewissermaßen im preislichen Bereich nach unten ab. Übrigens, konstruktiv zu durchdenken wäre auch ein Herausgebermodell für Christoph Hein. Werden Sie einer alten Verführung nicht doch einmal unterliegen? Wie auch immer, im Herbst 1993, zum Start, möchte ich mit vier Titeln auftreten. Umfang zwischen 20 und 100 Seiten, mehr vorläufig nicht, mit Texten und Buchgestaltern, von denen sich sagen läßt: wir bringen mehr Farbe ins Spiel (Sie kennen ja unser Lesezeichen). Ich bin sehr neugierig auf Ihre Reaktion.

Übrigens – wir hatten schon einmal beiläufig darüber gesprochen – macht der Verlag am 14. November ein kleines Fest, im Leipziger Verlagsdomizil Mozartstraße 17. Alle Autoren, Künstler, Buchgestalter, wichtige Buchhändler etc. werden anwesend sein, die den Verlag in den ersten beiden Jahren seiner Existenz begleitet und beigestanden haben. Sie wären nach der Verlagschronologie – neben Bofinger – der erste Gast, und ich mag gar nicht darüber nachdenken, daß wir auf Sie verzichten müßten.

Das wärs für heute. Oder vielleicht noch ein lange verheimlichter Gedanke: Ist Ihnen jemals schon eine Verlagsheimat durch den Kopf gegangen, wie sie offenbar Grass bei Steidl gefunden hat? H bei F, das wäre ein Knaller für die deutsche Verlagslandschaft, und ich sage Ihnen, daß wir nicht

ein einziges Buch weniger verkaufen würden als die renommierten Literaturverlage, unter denen wir sowieso im Jahre 2000 die zweite Geige spielen werden.
Ich grüße Sie herzlich

Ihr
Elmar Faber

Ein Aneurysma ist eine spindel- oder sackförmige Gefäßerweiterung einer Arterie. CH war daran erkrankt.

Die Sisyphosse. Eine Buchreihe startete mit vier Bänden erst 1995, u. a. mit Texten von Volker Braun und Steffen Mensching. In dieser Reihe ist nie ein Text von CH erschienen.

CH konnte an dem ersten Verlagsfest aus gesundheitlichen Gründen nicht teilnehmen.

o. O. (Oktober 1992)

Lieber Elmar Faber,
ja, das kam alles etwas überraschend, auch für mich. Aber ich habs überlebt. Nun wird es noch ca. 1 Jahr Rehabilitation benötigen.
Ich hoffe, wir sehen uns Anfang des Jahres. Gruß an Renate.
Herzlich
Ihr
Christoph Hein

PS. Die Arbeit leidet leider sehr.

Berlin, am 25. Januar 1993

Lieber Christoph Hein,
hier ist mein neuester Aufsatz aus dem *Börsenblatt* v. 22. Januar. Ich weiß, daß auch das nicht die ganze Wahrheit ist über unsere jämmerliche deutsche Situation (in unserer Branche), aber es ist wenigstens der Versuch, die Wahrheit(en) nicht zu vergessen.
In Verbundenheit
Ihr
Elmar Faber

Der Aufsatz trug den Titel „Die Vergangenheit verträgt am wenigsten, was aus ihr geworden ist".

Berlin, am 22. 5. 1993

Lieber Christoph Hein,
ich hoffe, mein Katalog hat Sie inzwischen erreicht und Ihnen ein wenig Spaß gemacht.
Im nächsten Jahr, also Herbst 1994 möchte ich gern ein Kinderbuch von Christoph Hein anzeigen.
Werden Sie – bei allem was dazu zu bedenken ist – auf diesen Wunsch eingehen?
Ich bin begierig, Ihre Meinung dazu zu erfahren.
Bei dieser Gelegenheit möchte ich Sie noch auf ein anderes Problem ansprechen. Sie erkennen ja auch aus dem diesjährigen Katalog, daß wir uns in einer Sparte auch immer etwas um Themen kümmern, die mit der Bücherwelt zu tun haben. Im diesjährigen Projekt ist es der Titel *Bücherwürmer tragen Brillen*.
Nächstes Jahr soll unter anderem ein Titel herauskommen, der beschreibt, „wie die Bücher zu ihren Titeln kamen".
Es soll um Bücher und Autoren des 20. Jahrhunderts gehen.
Können Sie mir bspw. eine kleine Aufschreibe machen, wie *Der fremde Freund / Drachenblut* zu seinem Titel kam, oder haben Sie vielleicht zu *Die Ritter der Tafelrunde* eine originelle Anekdote auf Lager?
Ich bitte Sie, mich an dieser Stelle nicht im Stich zu lassen.
Überhaupt sollten wir bald wieder einmal eine Plauderstunde finden, um über das eine oder andere zu kakeln, was den Verlag betrifft.
Bei den jüngsten Kritiken zu Ihrem *Napoleonspiel* habe ich mir zeitweilig die Ohren zugehalten. Es ist viel Ungerechtigkeit auf der Welt, und die Literaturkritik verkommt ohnehin immer mehr zum Showgeschäft. Lassen wir uns dennoch nicht verdrießen.

Ihr
Elmar Faber

Berlin, am 20. 7. 1993

Lieber Christoph Hein,
können Sie mir nicht einmal ein Zeichen geben, wie und wann ich Sie sehen kann? Ich komme natürlich auch gern auf Ihre fürstlichen Besitztümer, ich möchte aber wissen, daß Sie dann auch da sind. Ihr Berliner Telephon ist eine deprimierende Einrichtung. Mit Kommunikation hat der Draht nichts mehr zu tun. Sie zwingen einen regelrecht, zur Feder zu greifen. Vielleicht sind die alten Werkzeuge doch die verläßlichsten Instrumente.
Darauf hoffend grüßt Sie herzlich

Ihr
Elmar Faber

o. O., am 23. Juli (1993)

Lieber Elmar Faber,
ich weiß, Sie warten auf einen Text von mir. Oder auch nur auf eine, wie Sie sagen, launige „Aufschreibe“ zu den Titeln. Oder gar eine Anekdote. Ich muß leider passen. Ich bin noch nicht wieder auf dem Damm, jedenfalls nicht auf jenem, der ein zügiges Vorwärtskommen erlaubt. Es geht Schritt für Schritt zur Zeit nur. Und ich habe mich deshalb völlig zurückgezogen.
Ich hoffe sehr, es geht Ihnen besser, sehr viel besser. Und grüßen Sie bitte Renate von mir.
Herzlich

Ihr
Christoph Hein

Penkun, am 28. Juli (1993)

Lieber Elmar Faber,
Sie warteten und warten auf eine Antwort. Unsere Briefe kreuzten sich (ich schrieb am 23. Juli).
Ja, ich sitze hier draußen auf meinem Dorf. Ich versuche zu arbeiten. Es geht aber alles sehr langsam. Ich muß Sie um Nachsicht und Geduld bitten. (Und 1994 wird sicher noch nichts von mir zu drucken sein, dazu drückt noch zu vieles.)
Sehr herzlich
Ihr
Christoph Hein

Penkun, am 17. August (1993)

Lieber Elmar Faber,
ich hatte Ihnen für das letzte Quartal eine Lesung zugesagt und muß nun doch einen Rückzieher machen: mein Arzt erlaubt mir solche Ausflüge frühestens für den Frühsommer 1994. (Und bei einem kleinen Ausflug aus meinem Dorf merkte ich, daß ich halt wirklich noch immer krank bin.)
Lieber Elmar Faber, ich muß also für dieses Jahr noch um Dispens bitten. Es tut mir leid.
Herzliche Grüße an Renate und Ihren Partner
Ihr
Christoph Hein

Berlin, am 12. 3. 1994

Lieber Christoph Hein,
Sie haben mich gefragt, wie ich die Gründung und Stellung des Autorenrats im Aufbau-Verlag in Erinnerung habe.

Hier ist meine Niederschrift:
Im Zeitraum von November 1989 bis Herbst 1990 habe ich die literarischen Autoren des Aufbau-Verlags zu mehreren Zusammenkünften zusammengerufen, um sie über aktuelle Entwicklungen im Verlag und im Verlagswesen der DDR zu informieren. Auf einer dieser Autorenversammlungen im Frühjahr 1990 wurde der Vorschlag gemacht, einen Autorenrat des Aufbau-Verlags zu gründen und ein entsprechendes Statut zu erarbeiten.
Es folgten aus Autorenkreisen die Vorschläge für die Zusammensetzung des Gremiums. Vorbild für die Tätigkeit des Autorenrates war ein vergleichbares Gremium im Luchterhand Literaturverlag Frankfurt/Main. Aus diesem Grunde nahm an einer der Vorbereitungssitzungen beratend auch Günter Grass teil, der dort lange Zeit Sprecher des Autorenrates war.
Nach diesen mehrmonatigen Vorbereitungen nimmt der Autorenrat im Aufbau-Verlag seine Arbeit offiziell am 9. 7. 1990 auf. Zum gleichen Datum gibt er sich ein Autorenstatut, das von den sechs Mitgliedern des Autorenrats (den Gründungsmitgliedern) und mir als dem damaligen Verleger/ Geschäftsführer des Verlags unterzeichnet wird.
Es wird beschlossen, in die neu abzuschließenden Autorenverträge des Verlages einen Paragraphen aufzunehmen, der fortan auf wichtige Abmachungen hinweist, die im Autorenstatut enthalten sind, was tatsächlich auch geschieht. Außerdem haben jetzt Autoren das Recht, auch in bereits bestehende Verträge den Paragraphen nachträglich einfügen zu lassen, sofern sie das wünschen. Meines Wissens ist davon kaum Gebrauch gemacht worden.

Über die Gründung des Autorenrats im Aufbau-Verlag wurde die Treuhand informiert. Es war die einvernehmliche Meinung, daß dies dem Schutz der Autoren- und Verlagsinteressen dienlich ist.
Zu keinem Zeitpunkt gab es die Meinung, der Autorenrat sei eine Einrichtung auf Zeit. Autoren- und Verlegerinteressen zusammenzuführen gilt immer als Anliegen von Dauer. Die Gründung des Autorenrats bei Aufbau hat etwas mit der bewegten Zeit des Umbruchs zu tun. Für die Privatisierung des Verlags ist der Vorgang nicht zu instrumentalisieren.
Ich war bis zum 30. 6. 1990 alleiniger Verleger/Geschäftsführer des Aufbau-Verlags und des Verlags Rütten & Loening. Per 1. 7. 1990 wurde der Verlag gewissermaßen zwangsweise in eine GmbH i. A. (i. A. heißt im Aufbau) umgewandelt. Zwangsweise heißt, es geschah durch Dekret. Mit der Bildung der Gesellschaft war verknüpft, daß mehrere Geschäftsführer eingetragen werden mußten. Außer mir sollten das Peter Dempewolf und Dr. Gotthard Erler sein. Die Eintragung der beiden ins Register wurde meiner Erinnerung nach erst im November 1990 vollzogen. Verträge habe ich mindestens bis dahin immer allein unterschrieben.
Heute kann man sich schon kaum mehr vorstellen, was für eine angespannte und widerspruchsvolle Zeit die Jahre 1990 und 1991 im Verlag waren. Die Anordnungen und Absprachen mit dem Kulturministerium der DDR (1990) und der Treuhand änderten sich manchmal wöchentlich. Ich hatte mit allen Kräften dafür zu sorgen, daß der Verlag handlungsfähig blieb und daß die besten Voraussetzungen für die kommende Privatisierung geschaffen wurden. Die Autoren haben mir mit ihrer Treue zum Verlag dabei sehr geholfen.

Ich hoffe, lieber Christoph Hein, daß diese Auskunft einigermaßen erschöpfend ist und Sie zufriedenstellt.
Bei dieser Gelegenheit empfehle ich Ihnen anbei mein jüngstes Taschenbuch *Fort ins gelobte Land*, das ein paar ungewohnte Blicke in den Umbruch der Verlagslandschaft ermöglicht.

Ich freue mich auf unser Zusammentreffen zur Messe. Sie kommen sicher schon am Sonnabend-Nachmittag einmal an unseren Stand im Messehaus am Markt A 421 vorbei. Dann ist Ihr Quartier klar, und wir nehmen doch bestimmt auch noch eine Kleinigkeit zu uns, bevor der Rummel in der Arndtstraße beginnt.
Bitte können Sie mir einen Gefallen tun und tatsächlich auch aus unserem Graphischen Buch (also körperlich gemeint) Ihre Geschichte lesen?
Herzliche Grüße

Ihr
Elmar Faber

Peter Dempewolf war damals, und blieb es auch lange Zeit noch, ökonomischer Leiter der Verlagsgruppe; Dr. Gotthard Erler war Leiter des Lektorats für die klassische Literatur.

Mit dem Rummel in der Arndtstraße ist die erste große Verlagsveranstaltung am Rande der Leipziger Buchmesse gemeint. CH las aus seinem Erzählungsband *Einladung zum Lever Bourgeois*, der als Band 3 der Reihe *Die Graphischen Bücher. Erstlingswerke deutscher Autoren des 20. Jahrhunderts* in der grafischen Umsetzung von Hermann Naumann im Verlag erschienen war.

Das Buch *Fort ins gelobte Land* erschien 1993 im Schweizer Libelle Verlag.

Berlin (vermutlich im Mai 1994)

Lieber Christoph Hein,
einen herzlichen Gruß aus dem Hause Faber & Faber. Hier ist der neue Katalog 1994. Sie werden daraus erkennen, daß wir uns stabilisieren. Nächstes Jahr rechne ich mit dem Kinderbuch von Christoph Hein. Dann werden wir wahrscheinlich 12 neue Bücher machen.
Zu Ihrer Erheiterung schicke ich Ihnen noch 2 Bilder von unserem Verlagsfest. Sie sehen daraus, in welcher Innigkeit wir einander zuhören können. Weniger geneigte Betrachter könnten allerdings zu anderen Schlüssen kommen.
Ich hoffe, ich sehe Sie bald, wenn Sie aus Japan zurück sind. Thüringer Bratwurst lasse ich schon reservieren.
In Verbundenheit
Ihr
Elmar Faber

Berlin, am 6. Januar 96

Lieber Elmar Faber,
ein gutes Jahr für Sie, für Renate, für die ganze Faber-Familie und natürlich für FABER & FABER.
Ihre Briefe an mich beginnen Sie immer mit dem einleitenden Satz „Ich habe einen Anschlag auf Sie vor". Ich vermute, daß Sie sich jeden Abend ins Bett legen mit dem Gedanken, welchen neuen Anschlag Sie noch auf mich (und Ihre anderen Autoren, Grafiker und Büchermacher) verüben könnten. Und langsam dämmert mir, daß es später von mir einmal heißen wird: er fiel einem Anschlag seines Verlegers zum Opfer.
Offenbar haben Sie terroristische Neigungen, die sollten Sie bekämpfen. Ich lese sehr ungern anderen Leuten etwas vor. Die meisten Leute in Deutschland, zumindest jene, die sich für Bücher interessieren, sind keine Analphabeten, lesen selbst gut und besser, brauchen also durchaus nicht meine Hilfe. Ich lese sehr ungern meine eigenen Texte, sehr viel lieber andere, mir unbekannte. Warum wollen Sie mich eigentlich immer zu dem zwingen, von dem Sie wissen, daß ich es nicht leiden kann. Ich glaube, es ist meine einzige Abneigung, von der Sie wissen, und hier bohren Sie unaufhörlich. Nun wäre es für uns beide sehr einfach, wenn Ihre offensichtlich sadistische Begabung auf eine masochistische Ausprägung bei mir stoßen würde, aber da kann ich leider nicht dienen.
Können wir uns auf eine (auf eine einzige) Veranstaltung einigen?
Sagen Sie, wo und wann.
Beste Grüße an alle
herzlich

Ihr
Christoph Hein

Der Brief, auf den sich CH bezieht, hat sich leider nicht erhalten.

Berlin, am 4. Juli 96

Lieber Elmar Faber,
ich wußte es. Ich wußte es: Sie wollten das mir gegebene Versprechen nie einhalten und hatten bereits die nächste Lesung eingefädelt.
Von Mitte Oktober bis Mitte November lehre ich an zwei chinesischen Universitäten und will die von Ihnen gerühmte gebackene Kröte kosten. Konrad Reich müßte also einen Flug Peking – Rostock und zurück zusätzlich buchen. Ich denke, gegen 14 Uhr bin ich mit meiner Vorlesung fertig, ich müßte allerdings am nächsten Morgen gegen 8 Uhr wieder in der Pekinger Fremd-Sprachen-Universität sein.
Mit den besten Wünschen
an die ganze Familie

Ihr
Christoph Hein

Konrad Reich (1928–2010), Verleger, Buchhändler und Herausgeber in Rostock. CH sollte in der Rostocker Buchhandlung im Fünfgiebelhaus aus dem auch in der *DDR-Bibliothek* erschienenen Roman *Horns Ende* lesen.

Schuckmannshöhe, am 20. Juli 98

Lieber Elmar Faber,
die schönen Bände schicke ich umgehend an Inge Jens – mit einem entsprechenden Begleitschreiben. Und ich werde auch noch das „Plädoyer für den Stalinpreis" dazulegen. (Da wird ja auch schon eine Preisverleihung an E. F. ins Gespräch gebracht.)
Möge es nützen.
Ich grüße Sie und Renate und Michael herzlich.
Einen guten, wohltemperierten, selbstausbeutungsfreien Sommer Ihnen allen.
Herzlich,
Ihr
Christoph H.

Und Dank für den schönen Brief mit dem Reisebericht.
(Wer alles von mir inszeniert – so viele rührende Sachen bekommt man nicht spontan. Da müssen Seilschaften arbeiten.)

Um welche Bände es sich handelte, konnte nicht ermittelt werden.

„Das Plädoyer für den Stalinpreis" erschien erstmals am 12. Juni 1998 in der Wochenzeitung *Freitag*.

Preisverleihung – eine Anspielung auf die Vergabe des Bundesverdienstkreuzes, das EF allerdings erst 2007 verliehen bekam.

Berlin, am 15. 2. 03

Lieber Elmar Faber,
ich muss Ihnen für das Anti-Kriegs-Buch absagen.
Ich habe mich um einen Beitrag gemüht, aber ich war mit allem unzufrieden; es wurden immer nur Meinungen und Ansichten. Und das ist dafür zu wenig.

In diesen Tagen las ich den beiliegenden Aufsatz über eine Anti-Kriegs-Lesung in New York und begriff meinen/unseren Fehler. Die amerikanischen Kollegen haben ältere Texte gelesen, Texte von Kriegsteilnehmern und -betroffenen. Das hatte sofort die Authentizität und Kraft, die Sie suchen. Und darum auch beginnen Sie das Buch mit einem Zitat Ihres Lieblingsschriftstellers, denn das hat die erwünschte Eindringlichkeit. Und die ist allein mit Ansichten und Meinungen nicht zu haben.

Vielleicht sollte das Buch anders aussehen: nach dem Borchert oder vor ihm sollten Texte anderer Autoren stehen, die ebenfalls im Krieg waren oder ihn erlitten. Die letzten 500 Jahre in Deutschland geben da reichlich Material.

Wie auch immer Sie entscheiden, ich werde nicht dabei sein können. Meine Versuche für dieses Buch haben mich nicht überzeugen können (und ich fürchte ähnliches bei anderen Autoren).
Mit den besten Grüßen – auch an Renate und Michael

Ihr

Christoph H.

Mit dem Lieblingsschriftsteller ist Wolfgang Borchert (1921 – 1947) gemeint, der in seinem Werk ein leidenschaftlicher Pazifist war.

Im Dezember 2002, kurz vor Ausbruch des Irak-Krieges, schrieb der Verlag Faber & Faber circa. 45 Autoren, Maler und Grafiker sowie Künstler aus den Bereichen Theater und Musik an, mit der Bitte, sich an einem Anti-Kriegs-Buch zu beteiligen. Neben einer Anzahl von Zusagen, zum Teil schon mit originären Beiträgen, u. a. von Theo Adam, Daniel Barenboim, Volker Braun, Achim Freyer, Johannes Grützke, Walter Jens, Kurt Masur und Peter Rühmkorf, waren aber in Summe die Künstler in der Mehrheit, die einem solchen Unterfangen kritisch bis abwägend ablehnend gegenüberstanden. Die Absage von CH steht in gewisser Weise stellvertretend für die anderer Künstler auch.
Das Buch wurde dementsprechend nicht realisiert.

Die Lesung, auf die CH Bezug nimmt, fand in der Bibliothek der New York University statt. 21 namhafte Autoren, u. a. Paul Auster, Doctorow, Sharon Olds, protestierten gegen Laura Bushs Entscheidung, ein ursprünglich geplantes Symposium zum Werk von Langston Hughes, Dickinson und Whitman im Weißen Haus zu streichen, da einige geladene Dichter Antikriegslyrik lesen wollten.

Berlin, am 10. Februar 2004

Liebe Renate, lieber Elmar,
am 8. April werde ich sechzig.
Ich würde mich freuen, Euch an diesem Tag zu sehen. Ab 18 Uhr will ich mit meinen Verwandten und Freunden den Geburtstag im Gasthaus Majakowski (in Berlin-Pankow, Majakowskiring 63) feiern, und ich würde mich freuen, Euch begrüßen zu dürfen.
Für eine kleine Nachricht, ob ich Euch erwarten darf, wäre ich dankbar.
Herzlich
Euer
Christoph

PS. Ich bemühe mich seit längerem, dem kleinen Verlag IBIS in Tiflis (Georgien), der in der dort entstandenen kulturellen Wüste zu gedeihen sucht, auf die Beine zu helfen. Ich würde mich sehr freuen, wenn Ihr Euch – statt mich zu beschenken, den ja bereits Euer Erscheinen erfreuen wird – am 8. April an einer Geldsammlung für diesen Verlag beteiligen könntet.

Berlin, am 6. März 2004

Lieber Elmar,
Michael wollte eine öffentliche Veranstaltung zum 1. 4. geheimhalten. Wie er das machen wollte, war mir ein Rätsel. Das hat ja nicht einmal die alte DDR geschafft, und die war darin doch meisterlich.
Also weißt Du, daß ich auftauchen werde, und da ich aus Polen komme, schicke ich vorab den Geburtstagsgruß.
Eine Frage: ich habe eine kleine, schöne Erzählung geschrieben, die die Geschichte vom goldenen Vlies neu und anders erzählt. Werner Stötzer, den ich samt seiner Arbeit an der Pietà in *Mama ist gegangen* porträtierte, sitzt seit zwei Monaten an Blättern zu dieser Erzählung (er will später noch einen Stein dazu arbeiten), und will die Erzählung und seine Blätter in einer kleinen, feinen Auflage in einem kleinen, feinen Verlag herausbringen. Er hat ein paar Kontakte, war aber ganz angetan von dem Gedanken, damit zu Dir zu kommen.
Ist das vorstellbar für Dich: zehn Seiten Hein-Text plus einige Stötzer-Blätter.
Gib mir, gib uns ein Signal, ob und wie und so weiter.
Mit besten Grüßen an den Verlag und an das Haus
herzlich
Christoph

Am 1. April 2004 feierte EF seinen 70. Geburtstag mit einer Lesung von einer Reihe von Autoren, u. a. auch CH.

Der kleine Roman *Mama ist gegangen* erschien in zwei unterschiedlichen Ausgaben, einmal 2003 als Kinderbuch mit den Illustrationen von Rotraut Susanne Berner bei Beltz & Gelberg in Weinheim und 2005 im Insel Verlag Frankfurt a. M. mit dem Entwurf der im Roman beschriebenen Pietà von Werner Stötzer auf der Bauchbinde um den Leinenband.

Werner Stötzer (1931–2010), bedeutender deutscher Bildhauer. Die Erzählung *Das goldene Vlies* erschien mit zehn Reproduktionen nach Kohlezeichnungen von Werner Stötzer 2005 bei Faber & Faber.

o. O. (vermutlich Anfang April 2004)

Mein lieber Christoph Hein,
ich wollte Ihnen nur einmal zeigen, welche Rezensionen in dieser Republik schon wieder möglich sind.
Meine Reaktion darauf – das gibt die Demokratie nun auch wieder her – soll in dieser Woche in der *Leipziger Volkszeitung* erscheinen.

Unserem Hans Marquardt geht es nicht gut. Hoffentlich kann er noch einmal Kraft tanken.
In Verbundenheit

Elmar Faber

Der Beitrag von EF erschien unter dem Titel „Die Glasperlenspiele sezierende Vernunft" am 8. April 2004. Zum 60. Geburtstag von CH. In ihm wird vor allem das Thema der unterschiedlichen „Wahrheiten" verhandelt.

Der 1920 geborene Hans Marquardt war von 1961 bis 1986 Verleger des Leipziger Reclam-Verlags. Er verstarb am 1. November 2004.

Berlin, am 20. Sept. 2004

Sehr geehrter Herr Faber,
ich erlaube mir, Sie daran zu erinnern, daß Sie die Vorgänge um die Veröffentlichung von *Horns Ende* aufschreiben und mir diese Seiten – vorab und noch vor der Publikation dieser Schrift – zukommen lassen wollten.
Ich gestatte mir auch anzufragen, wie weit die andere (zweite) Klage gegen den Staat bzw. die BfA gediehen ist.
Hochachtungsvoll und mit der Bitte, mich Ihrer Gattin angelegentlich zu empfehlen

Ihr
Christoph Hein

PS: Zu einem vertraulicheren Umgang sollten wir zurückkehren, sobald dieses angezeigt ist.

EF erhielt nach Eintritt ins Rentenalter eine sog. Strafrente, begründet mit seiner angeblich „systemnahen Tätigkeit". Er wurde damit gleichgesetzt bspw. mit Mitarbeitern des MfS. Diese absurde Auslegung seiner Verlegertätigkeit beim Aufbau-Verlag wurde, ermuntert durch CH, über zehn Jahre juristisch angefochten. Am 22. und 23. Juni 2004 stufte das Karlsruher Verfassungsgericht diese Rechtssprechung als „verfassungswidrig" ein und EF wurde in Folge wieder bessergestellt. Auf eine Klage nach entgangenen Rentenbezügen verzichte er.

Leipzig, am 21. 10. 2004

Lieber Christoph,
wie es auch immer zusammenhängen mag, es war eine Überraschung. Intendant des Deutschen Theaters: Ein stolzer Entschluß. Diese Tradition!
Ich weiß, Du wirst ihr gewachsen sein, aber hast Du nicht doch ein bißchen Angst, daß diese Aufgabe den Erzähler, den Essayisten, den Stückeschreiber erdrückt? Dazu darf es nicht kommen. Aber Du wirst ja selber auf Dich aufpassen. Alle, denen Du am Herzen liegst, drücken Dir die Daumen.

Etwas ganz anderes: Was Deine Einlassung zu meiner Rentensache betrifft, so sende ich die Kopie eines Schreibens meines Rechtsanwalts an die BfA zu Deiner Information. Ich hoffe, daß Dich dies auf den Pfad der Vertraulichkeit zurückführt, den Du mir angedroht hast zu verlassen.
Ganz herzlich
Dein
Elmar Faber

CH war vom damaligen Kultursenator der Stadt Berlin, Thomas Flierl, zum Intendanten des Deutschen Theaters bestellt worden. Er sollte die Intendanz im Sommer 2006 übernehmen. Nach einer ganzen Reihe von bösartigen bis denunziatorischen Beiträgen im deutschen Feuilleton, die von „nebulöse(r) Ost-Identität" bis „krasse Fehlentscheidung" den ganzen Waffengang an Schmähungen nutzten, vor allem aber nach der dritten Kürzung des ursprünglich zugesagten Theater-Haushaltes, trat Ende Dezember 2004 CH von der Berufung zurück. Er begründete seinen Rückzug mit „massiven Vorverurteilungen" seiner Person und einem „vergifteten, feindseligen Klima"; er fühle sich „vorverurteilt" und „abgestraft". Die Diskussion um die Personalie CH spiegelte den damaligen Diskurs einer bis dahin nicht gelungenen kulturellen Wiedervereinigung in Deutschland.
Siehe auch die Anekdote „Der Neger" in CH *Gegenlauschangriff*, Berlin 2019.

o. O., am 19. 9. 05

Lieber Elmar,
also ich habe regeln können. Ich stehe Dir am 29. Sept. im Brecht-Haus zur Verfügung.
(Aber nun steht Faber & Faber massiv bei mir in der Kreide.)
Apropos: wir hatten noch gar nicht über das Honorar für die Leipziger Glaskuppel gesprochen. Ich schlage vor: ein großer, ein sehr großer Buchkarton mit:
1 x Heiduczek *Gesammelte Märchen,*
3 x Kunze *Dunkel war's ...*
und der Rest des Kartons wird mit *Goldenen Vliesen* aufgefüllt.
Einverstanden?
Beste Grüße an alle.
Herzlich
Christoph

PS. Das Brecht-Haus muß dann die auch etwas korrigierende Werbung machen.
Und frag Stötzer an, vielleicht kommt er dazu.

Bei der Lesung in der Leipziger Glaskuppel (unter dem Dach der *Leipziger Volkszeitung*) handelte es sich um die Eröffnungsveranstaltung der Reihe *Unsere Kinderbuch-Klassiker*, die der Verlag in Kooperation mit 16 ostdeutschen Zeitungsverlagen herausgab. CH war da mit Band 2 *Das Wildpferd unterm Kachelofen* in der ersten Staffel vertreten.

Leipzig, den 6. 11. 07

Lieber Christoph,
ich merke schon, es ist fast ein frühes Weihnachtspaket, was ich Dir schicke. Du findest darin ein paar bezaubernde Bücher, die wir in den letzten Wochen gemacht haben, als Gruß des Verlages an einen treuen Freund.
Im einzelnen

Pascal, *Penseés*
Goetheparodien
Snobbuch
und ein hinreißend inszeniertes Graphisches Buch, das Erstlingswerk von Gustav Meyrink.

Ich hoffe, daß Dein Sammlerherz lacht, denn Du bist doch ein Mann von großem Schönheitssinn.
Im gleichen Paket sind drei Christoph-Hein-Bücher, die ich Dich bitte, für einen unserer treuesten Kunden zu signieren. Du kennst dessen Namen schon.

für Dieter Bührnheim

und vielleicht noch einen kleinen persönlichen Schnörkel dazu. Dann alles in die Pappe, die ich Dir beilege und zurück an die Verlagsadresse. Und vielen Dank schon im voraus.
Zum Schluß noch eine Hauptsache: Das *Neue Deutschland* hat zusammen mit dem Verlag Neues Berlin eine Reihe begonnen, die (offenbar des Erfolges wegen) fortgesetzt werden soll. Ich beziehe mich auf den ersten Band Hermann Kant *Die Sache mit den Sachen*, den ich Dir als Muster einmal beilege, diesen aber zurückerhalten muß, weil es ein für mich persönlich signiertes Exemplar ist.
An mich ist nun der Wunsch herangetragen worden, ob ich Dich nicht zu einem Christoph-Hein-Buch überreden könnte, das von mir als Interviewpartner moderiert wird. Ich selbst

könnte mir das sehr reizvoll vorstellen, und schaden würde es einer fortwährenden Popularität vornehmlich im Osten Deutschlands auch keineswegs. Was denkst Du darüber?
Ich bin gespannt auf Deine Nachrichten und grüße Dich, auch von der ganzen Sippschaft, ganz herzlich aus Familie und Verlag

Dein
Elmar Faber

Berlin, am 13. Nov. 2007

Lieber Elmar,
ja, das sind wirklich wunderschöne Bücher. Tausend Dank. Ganz besonders gefällt mir der Meyrink, der Butzmann ist vorzüglich. Der Pascal ist typographisch einzigartig. Aber in der Typographie haben Faber & Faber ohnehin kaum Konkurrenten auf gleicher Höhe. Gratuliere zu diesen schönen Büchern.
Die Bücher für Herrn Bührnheim lege ich signiert bei.
Und den signierten Kant gleichfalls. Aber für so ein Plauderbuch muss ich Dir absagen: für diese Gesprächsrunden bin ich nicht geeignet, habe gerade der *ZEIT* ein großes Gespräch abgesagt. (Aus dem gleichen Grund war ich noch nie in einer Talkshow.)
Ich bitte um Nachsicht.
Beste Grüße – auch an Renate und Michael
herzlich
Christoph

Der 1942 geborene Manfred Butzmann wurde von CH wie vom Verlag gleichermaßen geschätzt. Er illustrierte in der Reihe *Die Graphischen Bücher* Gustav Meyrinks Erstlingswerk *Der heiße Soldat*.

Leipzig, den 28. November 2008

Lieber Christoph,
ich habe in der letzten Woche im *Freitag* Deine Hasenclever-Rede gelesen. Nicht nur „ein schöner Gedanke", sondern ein schönes und großes Thema: Die prägende Kraft des Bildungsbürgertums. Du hast mutig und beziehungsreich deutsche Zustände benannt, die durch einen Mann wie Hasenclever hindurchgegangen sind und denen er zum Schluß (wie viele) offenbar doch nicht gewachsen war. Ich denke wie Du, werde mir aber zunehmend unsicherer, ob Deine stillen Mahnungen (oder sind es Hoffnungen?) den Verfall des Bildungsbürgertums aufhalten können.
Jedenfalls gratuliere ich Dir zur Preisverleihung, und daß dies in Aachen geschah, dem alten Krönungsort, hat vielleicht eine besondere Bewandtnis, denn Du bist ein König in der deutschen Essayistik.
Ich benutze die Gelegenheit, Dir auch noch zu danken für Deine Einlassungen zu meinen Prosaminiaturen. Du hast den Durchblick. Im Frühjahr 2009 werden sie veröffentlicht.
Ich grüße Dich in alter Herzlichkeit

Dein
Elmar Faber

Der 1890 in Aachen geborene deutsch-jüdische Schriftsteller Walter Hasenclever ging nach der Besetzung Frankreichs durch deutsche Truppen 1940 in einem französischen Internierungslager aus Angst vor faschistischen Übergriffen in den Freitod.

Die sog. Prosaminiaturen erschienen 2009 in dem Erzählungsband *Nürnberger Pakete* im Verlag Das Neue Berlin.

Berlin, am 20. Dez. 2009

Lieber Elmar,
großen Dank für dieses schöne Geburtstags-Weihnachts-Paket. Ich blättere ganz beglückt in den Büchern. Dein Verlag hat sich wunderbar etabliert und zumal mit einem wirklich sehr eigenen Programm, was in diesen Überproduktionszeiten nicht ganz einfach ist.
Den 5. September habe ich in meinen Kalender eingetragen.
Glückwunsch auch zu dem Sieg in dem Ideenwettbewerb. Ob das tatsächlich einen Wandel der Zeit und Ideologie anzeigt, bezweifle ich doch heftig. Da ist Leipzig (auch Dresden) doch eine Welt für sich. Ich sehe eher Anzeichen für ein totales Desinteresse und eine heftiger werdende Abneigung gegenüber dem Osten.
(Den Artikel im *ZEIT*-Magazin habe ich nicht gelesen. Ich vermeide die großdt. Presse doch zunehmend.)
Einen Gruß an Renate.
Habt ein gutes Weihnachten und startet dann mit Kraft und Erfolg ins Jubiläumsjahr.
Herzlich
Christoph

Der Verlag hatte für seine *DDR-Bibliothek* 2010 den Titel „Ort der Ideen" vom Bundespräsidenten zugesprochen bekommen.

Welcher Beitrag im Magazin der Wochenzeitung *Die Zeit* gemeint war, konnte nicht mehr ermittelt werden.

Leipzig, am 28. November 2010

Lieber Christoph,
heute am Sonntag kam mir ein Artikel zu Gesicht, dessen Anfang ich einmal kopiert habe. Ich mußte schmunzeln über die Wandlungen der Zeit.
Da dort aber eine Meinung an einen Oberbürgermeister adressiert ist, dachte ich, Du solltest von Meinungen erfahren, die gegenwärtig in Leipzig an den Oberbürgermeister und die Stadträte von Leipzig herangetragen werden: Ein offener Brief an die Stadträte von Leipzig, der kurz vor dem 15. Dezember 2010 in der *Leipziger Volkszeitung* veröffentlicht wird. Zu den Unterzeichnern gehören u. a.
Peter Degner, Impressario
Friedhelm Eberle, Schauspieler
Sighard Gille, Maler
Michael Hametner, Rundfunkjournalist
Werner Heiduczek, Schriftsteller
Egbert Herfurth, Grafiker und Illustrator
Herbert Kästner, Mathematiker und Vorsitzender des LBA
Jürgen Petry, langjähriger Chef des LKG
Helmut Richter, Schriftsteller
Gert Wunderlich, Typograph, Plakatkünstler
Helmut Rötzsch, langjähriger Generaldirektor der Deutschen Bücherei
und weitere zehn Persönlichkeiten bislang, die sich bereits in einer Petition geäußert haben, darunter Clemens Meyer, Hartwig Ebersbach, Brigitte Tübke-Schellenberger. Alles Persönlichkeiten, die das kulturelle Leben in Leipzig mit dominieren. Es wird davon ausgegangen, daß etwa 50 Persönlichkeiten den „Offenen Brief“ unterzeichnen.
Es haben sich da ein paar Persönlichkeiten bemerkbar gemacht, die momentan nicht mehr in Leipzig agieren, aber mit der Stadt verknüpft waren oder noch sind, bspw. ein Klinikdirektor aus Chemnitz oder der Intendant der Städtischen Bühnen in Chemnitz u. a. So hat sich die Überlegung eingestellt, ob nicht

auch Du diesen „Offenen Brief“ unterzeichnen könntest. Das wäre ein geradezu unerhörtes Signal und zugleich so einleuchtend, da Du mehrfach Autor des sinnlos inkriminierten ehemaligen Verlegers und jetzigen Kulturbürgermeisters Michael Faber gewesen bist.
Du wirst es bedenken, ich weiß es, und mich vielleicht anrufen.
Ich bin für jede Äußerung dankbar.
Herzlich aus Leipzig, und wie immer mit schönen Grüßen von Renate,

Dein
Elmar Faber

Der damalige Oberbürgermeister der Stadt Leipzig hatte wegen Dissens mit dem Kulturbürgermeister in der Entwicklung der Kulturbetriebe (u. a. in der Neubestellung von zwei Intendanten) dessen Abwahl angestrebt. Die Abwahl ging ohne die erforderliche Mehrheit verloren. CH hatte sich gegen eine Beteiligung am „offenen Brief“ ausgesprochen, gab allerdings einige Tage später der *Leipziger Volkszeitung* ein Interview.

Leipzig, den 4. 2. 2011

Lieber Christoph,
ich schicke Dir ein Bild von unserer Jubiläumsfeier. Da siehst Du, welchen Spaß, welche Freude Du ausgelöst hast. Nur die Zustimmung des Verlegers zum Beitrag ließ etwas zu wünschen übrig.
Jetzt kommt aber die große Bitte. Ich werde, Du weißt es, am 1. April 2011 77 Jahre alt. Eine Schnapszahl. Da hat man bestimmt einen Wunsch frei. Kannst Du mir, bitte bitte, Deinen köstlichen Vortrag aufschreiben und diesen mir dann zu meinem 77. Geburtstag widmen?
Ich brauche diese Freude. Gestern Abend war ich zu einer Veranstaltung im Haus des Buches. Wolfgang Hilbig und sein Gedichtband *Stimme, Stimme* (bei Reclam 1983) wurden betrachtet. Als ich rausging war mir wieder einmal speiübel, über so viel Kotz, der dort ausgeschüttet wurde. An Hans Marquardt, dem Stasi-Spitzel (hieß es), blieb kein gutes Haar. Er war ein Verleger, der nur zur Zersetzung auf die Autoren angesetzt war. Mein Zorn wuchs ins Ungeheuerliche, weil man das richtige Leben mit ihm kennt. Ich habe natürlich nicht geschwiegen. Aber es war ein Moment, da kam mir das Leben wieder einmal ganz absonderlich vor. Kannst Du mich trösten?
Sag bitte schöne Grüße an Maria
in steter Verbundenheit

Dein
Elmar Faber

Auf der Jubiläumsfeier 20 Jahre Faber & Faber im Leipziger Haus des Buches hielt CH eine spontane Rede, die er erst später auf Bitten von EF aus der Erinnerung niederschrieb und die in diesem Band im Anhang abgedruckt erscheint.

Berlin, am 16. Februar 2011

Lieber Elmar,
heute bekam ich den ursprünglichen Brief – und auch mit dem schönen Foto. Der große Brief war bei einem Nachbarn abgegeben worden – ohne Nachricht für mich, und der Nachbar hatte ihn vergessen.
Den Vortrag soll ich Dir aufschreiben, ja, aber wie?
An dem Abend hatte ich das Gefühl, daß von einem der Gäste eine Rede auf den Verlag gehalten werden soll. Ich vermutete, es sei etwas abgesprochen, und als ich merkte, daß diese Rede nicht vorgesehen war und nicht kommen wird, aber kommen sollte, da bin ich einfach aufgestanden und habe irgendetwas geredet. Die Vorbereitungszeit war fünf Sekunden. Wie soll ich da noch wissen, was ich da redete?
Lieber Elmar, warum gehst Du zu solchen Veranstaltungen. Die laufen seit 1990 immer so ab, und das wird lange Zeit noch so bleiben. Und wer dagegen protestiert, entlarvt altes Denken, Ostalgie, Stasiwirtschaft etc. Sowas nicht mal ignorieren, sagt der Berliner.
Und Du brauchst Trost?!
Um meine Beine herum kläfft gerade der Nationalpreisträger Loest, ehemals glühender Nazi und Werwolf, wie er sagt; hat aber damals keinem geschadet, wie er sagt, dann Stalinist bis ihn andere Stalinisten ins Gefängnis steckten: und nun weiß er wieder ganz genau, was falsch und was richtig ist, wer falsch und richtig ist und wer sein Leben verwirkt hat. Nun schön, aber ich gehe zu seinen Veranstaltungen nicht hin. Die Freiheit haben wir doch. Auch Du! Ist das tröstlich genug?
Grüße an Renate.

Herzlich
Christoph

Den seit 1997 verliehenen Deutschen Nationalpreis erhielt Erich Loest (1926 – 2013) im Jahre 2009, gemeinsam mit Monika Maron und Uwe Tellkamp.

Leipzig, am 11. 3. 2011

Lieber Christoph,
schönen Dank für Brief und Zuspruch vom 16.2.2011. Aber in einer Sache hast Du mich doch sehr traurig gemacht, daß Du mir Deine Rede vom Verlagsfest nicht aufschreiben willst. Diese gehört in die Annalen! Und willst Du wirklich, daß in Leipzig ein Trauerklotz herumsitzt? Ich träume jedenfalls dem 1. April 2011 entgegen und Deiner Vermaledeiung des Verlegerstandes, auch wenn ich dieses Jahr keinen Geburtstag, den 77., feiere.
Herzlich aus Leipzig

Dein
Elmar Faber

Berlin, am 17. März (2011)

Lieber Elmar,
wie soll ich etwas aufschreiben, von dem ich kaum etwas weiß. Gab es nicht irgendeine Aufzeichnung?
Grüße an Renate.

Herzlich
Christoph

Leipzig, am 5. 4. 2011

Lieber Christoph,
Du bist nicht nur ein großer Autor, sondern auch ein liebevoller Freund, also ein ganz feiner Kerl.
Du hast Verlag und Verleger mit einer verwogenen Laudatio gewürdigt. Daß Du mir diesen Wunsch erfüllt und das gesprochene Wort noch zu Papier gebracht hast, das macht mich stolz und – wie Du vermuten wirst – zugleich gehörig widerspruchslustig. Du kannst also in den nächsten paar Jahren in der frohen Erwartung leben, eine Erwiderung zu bekommen: „Der Autor als Voraussetzung für die Blüte und Vollkommenheit der Kultur“ oder so ähnlich, aber freilich kein Plagiat.
Es hält jung, solche Vorhaben zu haben.
So grüßt Dich in tiefer Zufriedenheit
Dein Freund
Elmar Faber

Berlin, am 15. Januar 2012

Liebe Renate, lieber Elmar,
ein gutes Jahr für Euch. Für uns.
Ein wenig Glück und ein wenig Arbeit. Und hier und dort einen Gedanken, der es lohnt.
Ich danke Euch für den Meyrink und Trakl. Den Meyrink kenne ich wenig, hatte nur einige Seiten von ihm gelesen. *Der heisse Soldat* ist sehr schön merkwürdig.
Und die Freunde Butzmann und Heisig Jr. so vereint zu bekommen, ist auch ein Vergnügen.
Mir geht es so einigermaßen, ich arbeite und komme voran.
In drei Tagen ist der 10. Todestag von Christiane. (Und diesen Tod habe ich noch immer nicht verstanden.)
Seid umarmt.
Und bleibt gesund!

Euer
Christoph

Havelberg, am 31. März 2012

Lieber Elmar,
Dank für den Brief und den Zuspruch.
Nur: „aufpassen, um das Lob nicht zu überziehen", das ist eine ganz alberne, wenn auch tradierte Angewohnheit der Verleger. Sie stammt noch aus einer Zeit, in der Verlage und Autoren mit Büchern Geld machen konnten. Heute muss man das Geld mitbringen, da sollten die Verleger mit dem Lob weniger geizen. Ist doch ohnehin folgenlos.
Und ein Bestseller wird auch das nicht. Kann gar nicht anders sein, denn der Autor verschweigt die Stasi-Machenschaften der olympischen Götter und geht mit keinem einzigen Wort auf die IMs in dem trojanischen Heer ein. So macht man sich keine Freunde und wird zu Recht von der Journaille geschmäht.
Aber ich hatte das Büchlein für Euch prächtig illustriert. Oder?
Ich hoffe, Renate, Dir geht es gut. Ich hoffe, Du kommst damit zurecht, Bücher nur zu lesen und nicht zu verlegen.
Auf der Messe konnten wir uns nicht sehen. Ich meide Messen. Die verlegten und dort versammelten Bücher bringen mich nur zum Verstummen.
Jedes neue Buch ist ein Buch zu viel – mehr Kenntnisse habe ich beim allerletzten Messebesuch nicht mitbekommen.
Ich hoffe, auch den Söhnen geht es gut.
Herzlich
Euer
Christoph

2013 erschien im Insel Verlag Berlin der Band *Vor der Zeit. Korrekturen*, den der Autor selbst als die neuen Erzählungen der alten Mythen apostrophierte. EF las die Texte vorab im Manuskript. Ein Text daraus, „Das goldene Vlies", erschien bereits als separate Veröffentlichung bei Faber & Faber 2005, mit zehn Kreidezeichnungen von Werner Stötzer.

Leipzig, 5. 4. 2012

Lieber Christoph,
hab' Dank für Deinen Brief vom 31. März 2012, mit dem Du uns freundlicherweise auch Deine Havelberger Adresse einmal aufschreibst, samt tradierter und modernistischer Telephonnummern. Du siehst, ich schreibe Telephon immer noch mit ph und weiß nicht, ob ich Dich damit ärgern oder entzücken kann. Ohnehin bist Du ein Bösewicht, der immer über die Verleger herziehen muß. Vielleicht wirst Du gerade deshalb von ihnen so bewundert.
Aber wie lange kann das noch gutgehen? Du denkst, die olympischen Götter leisten Dir Beistand. Aber da irrst Du. Gott – schlechthin – war kein Autor, er war Verleger. Ich kann Dir ausführliche Belege dafür liefern.
Tatsächlich hast Du die antiken Miniaturen prächtig illuminiert. Du hättest vielleicht auch selbst Maler oder Illustrator werden können, wenn Du wie Ulrich Becher (Erstlingswerk: Männer machen Fehler) einen so großartigen Lehrer wie George Grosz gehabt hättest. Die Chancen sind vertan.
Dies läßt Dich in allem österlichen Übermut wissen
Dein Verlegerfreund
Elmar Faber

zugleich mit den schönsten Grüßen an Maria und einem Vorab-Glückwunsch zu Deinem Geburtstag

Anlage: 1 Ex. *Luthers Lieder*

Havelberg, am 26. 3. 2013

Liebe Renate, lieber Elmar,
bei der Messe sah ich Euch leider nicht. Aber auf dem Gelände war ein unglaubliches Gedränge; ich bin mittags geflohen.
Das neue Buch las ich sofort. Ein ganz erstaunliches Kompendium. Das sind Bücher, wie es sie demnächst nicht mehr, nie mehr geben wird.
Übrigens: von Hoffmann & Campe ging ich nicht weg, weil die vom ersten Buch zu wenig verkauften. Der Cheflektor – ich glaube, er hieß Hans-Jürgen Schmitt – fragte nach einem neuen Manuskript. Ich gab ihm den *Fremden Freund*; er lehnte ab. Das Buch sei mißlungen; es würde nicht erzählt, sondern nur behauptet; das Buch wolle er nicht und er warte aufs nächste.
Nach dem Erfolg in der DDR meldete sich dann Luchterhand (und sie wollten, da sie nun ein Jahr später kamen, einen anderen Titel).
Alles gute Euch beiden
Christoph + Maria

CH nimmt Bezug auf die Lektüre eines Manuskripts von EF, das ein Jahr später im Aufbau-Verlag unter dem Titel *Verloren im Paradies. Ein Verlegerleben* herauskommen sollte. Die im Manuskript offensichtlich noch falsche Darstellung von Heins westdeutschem Verlagswechsel von Hoffmann und Campe zum Luchterhand Literaturverlag ist im Buch korrigiert.

Der 1938 geborene Hans-Jürgen Schmitt war literarischer Lektor u. a. auch bei Hoffmann und Campe in Hamburg. Er hatte dort 1979 die Anthologie *Geschichten aus der DDR* herausgegeben.

Leipzig, am 3. 6. 2013

Lieber Christoph,
bitte könntest Du mir einen großen Gefallen tun und mir eine Kopie Deiner Rede zum Stefan-Heym-Preis in Chemnitz schicken?
Du könntest einen glücklichen Menschen aus mir machen.
In alter Herzlichkeit,
und mit einer Umarmung für Maria.

Dein
Elmar Faber

Seit 2008 vergibt die Stadt Chemnitz alle drei Jahre den Internationalen Stefan-Heym-Preis. CH wurde als dritter Preisträger im April 2013 ausgezeichnet. EF nahm an diesem Festakt teil.

21. Juni 2013 (via E-Mail)

Liebe Renate, lieber Elmar,
die kleine Rede schicke ich Euch gern.
Herzlich – und hoffend, Ihr seid wohlauf

Euer
Christoph

Havelberg, am 22. Januar 2014

Lieber Elmar,
ich werde am 3. April nicht in Leipzig sein können. Die Geburtstage torpedieren sich: an dem Abend werde ich im Schloss Niederschönhausen sein müssen, wo eine erste und öffentliche Geburtstagsrunde abläuft mit – ich weiß nicht welchen – Gästen.
Tut mir leid. Sehr leid. Lieber als geehrt werden würde ich bei Renate und Dir sitzen.
Ich freue mich auf Dein Buch. Gib doch Aufbau ein Signal, daß sie mir das Buch sofort zuschicken (auch wegen der Zitat-Anfrage), ich wäre dann bei Nachfragen von Presse u. ä. unterrichtet.
Ich hoffe, Euch beiden und den Söhnen samt Frauen und Kindern geht es gut.

Sehr herzlich
Christoph

Havelberg, am 5. März (2014)

Lieber Elmar,
ich habe Dein Buch sofort gelesen. Verschlungen. Wunderbar. Ein leidenschaftlicher Verleger meldet sich zu Wort. Versucht, dies und jenes geradezurücken (vermutlich vergeblich).
Vieles wusste ich. Vieles war mir neu.
Einiges fehlt.
Z. B. das Ende der Horn-Geschichte. Wann immer ich diese Geschichte erzählte, und es war oft, kam die Frage: Und was passierte dann mit dem Verleger?
Mir hattest Du nur etwas von unsäglichen Beschimpfungen erzählt. Aber zu Deiner Geschichte gehören auch die Folgen.
Und eine Geschichte fehlt, weil Du sie vermutlich nicht kennst.
Ich hatte sie Dir wohl nie erzählt, weil ich um Deine Freundschaft mit Marquardt wusste. Die Geschichte gehört auf die Seite 354 in Deinem Buch.
In jener Zeit an einem Sonntag rief mich Christa Wolf vormittags an. Ich müsste zu ihr kommen, um 15 Uhr. Es sei dringend, sehr dringend, große Katastrophe.

Christa und Gerhard empfingen mich, anwesend waren noch vier wichtige Autoren des Aufbau-Verlages und ein Chef der Treuhand, jener Chef, der für Aufbau zuständig war. Er informierte uns, man habe nun – leider, leider – Papiere gefunden, die die Stasi-Verwicklungen von Faber eindeutig belegen. Um Schaden vom Verlag abzuwenden, gelte es rasch zu handeln. Sofort. Umgehend. Faber könne nicht weiter Verlagsleiter bleiben. Er habe bereits mit Marquardt gesprochen, der sei bereit, aus dem Ruhestand zurückzukommen und Interim-Verleger für Aufbau zu sein. Die Autoren sollten eine Erklärung schreiben – Bedauern über Faber, Begrüßung von Marquardt, die sofort an die Presse gehen müsse, um Schaden

vom Verlag abzuwenden. Es dürfe nicht gezögert werden.
Ich sagte, ich könne es nicht glauben und wolle diese Papiere zuvor sehen. Die aber lagen bei der Treuhand, waren nicht zur Hand.
Dann wurde ich bedrängt; der Verlag nehme Schaden, ich gefährde den Verlag etc.
Für mich schwierig, denn die anderen Kollegen waren alle älter und wurden von mir bewundert. Ich sträubte mich, konnte nicht sehen, wieso so eilig gehandelt werden soll. Ich blieb bei meiner Forderung und wurde immer wieder, auch von den Kollegen, darauf hingewiesen, welchen großen Schaden ich damit dem Verlag zufüge.
Ich sagte dem Treuhand-Chef, ich sei morgen um 7 Uhr in seinem Büro. Er sagte, 9 Uhr reiche aus, er sei zuvor nicht im Haus. Wir schieden verstimmt, ich war der Störenfried.
Am nächsten Morgen klingelte um 7:30 Uhr das Telefon. Eine Dame sagte, sie sei Sekretärin des Treuhand-Chefs, ich müsse nicht kommen, die Sache habe sich erledigt. Ich fragte, was das bedeute. Sie konnte nichts weiter dazu sagen und wiederholte, ich möge nicht kommen.
Und mehr hörte ich nie wieder.
Wenn jenes Autorenpapier an jenem Sonntagnachmittag unterzeichnet worden wäre, eine Stunde später wäre es bei den Nachrichtenagenturen. Und wenn am nächsten Tage die Lüge herausgekommen wäre, der Bruch mit dem Verleger Faber und den bekannteren Autoren von Aufbau wäre nicht zu kitten gewesen. Ein Vertrauensverhältnis wäre für immer dahin. Denn wie sollte der Verleger, wie die Autoren künftig miteinander umgehen?
Ein Stück aus dem – damals gewöhnlichen – Tollhaus. Und mich rettete ein Schutzengel vor einer fatalen Dummheit, denn eine solche Intrige, um Dich rauszuschmeißen, hätte ich mir zuvor nicht vorstellen können. Wiederholt wurde das Ganze dann mit Stefan Heym im Bundestag.

Vermutlich hast Du davon das eine oder andere gehört. Oder auch nicht, denn die Kollegen machten in der Sache keine gute Figur.
Dank für Dein kluges, leidenschaftliches Buch.
Gruß an Renate.

Herzlich
Christoph

Der für Abwicklung und Verkauf der Verlage zuständige Leiter bei der Treuhandanstalt hieß Dr. Albrecht Greuner (im Januar 1991 kamen noch die Herren Achim Schneider und Karlheinz Binder hinzu).

Leipzig, am 20. 3. 2014

Lieber Christoph,
ich kann Dir gar nicht sagen, wie ich auf Deinen letzten Brief gewartet habe. Er hat mich glücklich gemacht.
Aber freilich weiß man auch, wenn man einen solchen Text fertig hat, wenn er vorliegt als gebundenes Buch, was man alles vergessen hat, worüber man sich auch selbst ärgert. Ich habe übrigens nicht die Resonanz erwartet, die das Buch ausgelöst hat. Sie ist – ich sage es ungern – sehr beeindruckend wegen der Offenheit, aber offenbar auch wegen der Balance.
Nun gut, das Leben geht weiter.
Du hast meine Einladung bekommen zu meiner Geburtstagsparty. Ich weiß, daß Du nicht kommen kannst, weil das von Berliner Veranstaltungen – wie Du sagst – „torpediert“ wird. Es wäre das erste Mal, daß ich bei solchen Festen auf meinen schönsten „Geistesbruder“ verzichten muß. Also, wenn Du auch nur eine Minimalchance siehst, am 3. April in Leipzig zu sein, dann komme. Gerade in Nachbarschaft des Buches – Du weißt es – gebührt Dir der erste Ehrenplatz, und ich werde Dich und Maria empfangen wie Geschwister.
Jetzt nur noch liebe Grüße in die märkischen Auen
Herzlich

Dein
Elmar Faber

am 2. 4. 2017 (via E-Mail)

Lieber Christoph,
danke für Deine Wünsche zu meinem Geburtstag und danke für Dein neues Buch, welches mir von Suhrkamp überreicht wurde. Renate hat es gleich an sich gerissen und liest es.
Und nun zu meinem Buch *Verloren im Paradies.*
Du hast es als allererster von mir bekommen und in ziemlicher Schnelle geantwortet. Du hast mir die Geschichte von der Treuhand berichtet. Sicher ist Dir das in Deinem bewegten, aufregenden Leben weggerutscht, obwohl Du das Buch hoch belobigt hast.
In herzlicher Verbundenheit – wie immer –

Dein
Elmar

und große Umarmung von Renate

Gemeint ist der Roman *Trutz* von CH.

am 2. 4. 2017 (via E-Mail)

Lieber Elmar,
nein, dann war das eine Fehlinformation auf der Messe (die sich langsam zum Gaga-Manga-Festival wandelt; irgendwann sind vier Hallen Manga, und in einer kleinen Halle kann man noch Bücher sehen).
Mir wurde gesagt, es kommt ein neuer Paradies-Band von Dir bei Aufbau. Woraufhin ich ihn umgehend bestellte. Ich hoffe, Du bist gesund und munter.
Grüße an Renate.
Herzlich
Dein
Christoph

Leipzig, am 10. 4. 2017

Lieber Christoph,
bitte glaube ja nicht, daß wir Deinen Geburtstag vergessen haben, aber Du weißt ja, wie manchmal die Tageswürfel fallen. Am 8. 4. waren die Kinder da, heute am Sonntag hatten wir die Bude voll Besuch, Nachfeier zu meinem Geburtstag. Jetzt Abendstunde, der erste Griff zum Stift, um Dir zu schreiben. Also fester Händedruck, alte Verbundenheit. Wir wünschen Dir glückliche Tage und Jahre in Deinen schönen Domizilen. Ein Bündel neuer Ideen für gute Bücher, wozu es letzter Zeit ja keinen Mangel hatte. *Trutz* habe ich selbst noch nicht gelesen, weil eine unartige Renate sich wieder in den Vordergrund gedrängt hat, als sei sie Dein Verleger gewesen. Wir wollen es akzeptieren. Es ist Liebe.
In der letzten Woche waren wir auch in Berlin. Ich las und diskutierte *Verloren im Paradies*, immer noch und immer wieder. Man freut sich.
Sag mal, Christoph, Du hast doch die *Deutschstunde* von Siegfried Lenz für die Bühne bearbeitet. Man hört Gutes darüber. Wir wollen versuchen, die Inszenierung zu sehen, wenn es noch Zeit ist.
Wir können aber deshalb nicht extra nach Berlin fahren. Es müßte sich mit einem anderen Termin verbinden lassen. Wir müssen unsere Kräfte einteilen. Am 27. 4. wollen wir in die DB gehen, wenn Jakob im Rahmen eines Kolloquiums der Historischen Kommission des Börsenvereins hier seinen Vortrag hält. Wir freuen uns darauf.
Bitte, ganz herzliche Grüße auch an Maria, Gesundheit und Frohsinn sollen Euch begleiten, ob die Tage kurz oder lang sind.
In alter herzlicher Verbundenheit.

Dein Elmar und Renate

Mit DB ist die Deutsche Bücherei gemeint, heute Deutsche Nationalbibliothek. Der Schriftsteller, Arzt und Sohn von CH, Jakob Hein, hielt die Festrede.

25. 7. 2017 (via E-Mail)

Lieber Christoph,
wir haben länger nichts voneinander gehört. Es hatte Gründe. Ich plage mich wieder mit meiner Krankheit herum. Es ist kein Zuckerschlecken. Deshalb kam ich auch nicht zu der „Langen Nacht“ ins Leipziger Haus des Buches, zu der Du in Leipzig gewesen bist. Du wirst es mir nachsehen.
Der *Trutz*, ich sage es vorzeitig, ist ein sehr beeindruckendes Buch, vorzeitig die Rede, weil ich erst bis Seite 305 gelesen habe. Ja, ja, unser böses Jahrhundert.
Die Lektüre ist ein Musterbeispiel für eine literaturbeflissene Familie. Als ich ursprünglich 60 Seiten gelesen hatte, nahm es mir Renate aus der Hand. Jetzt sei sie erst einmal dran. Ich sei ihr ein zu bedächtiger Leser. Als sie damit fertig war, es dauerte auch seine Zeit, mußte ich wieder von vorne anfangen. Dazu Nachbarschaftslektüre ungarischer Autoren: Guyla Krudy, Ernö Szep, Antal Szerb, von einem alten Freund übersetzt, Ernö Zeltner, der auf mein Urteil wartet. Lauter literarische Miniaturen: *Ich liebte eine schöne Frau.*
Ich habe gestaunt über das Wunder kürzester Erzählkunst.
Du sollst wissen, daß ich am Leben bin. Freilich, die Tage werden kürzer, scheint es.
Neulich waren wir beim Begräbnis von Roland Gräf in Potsdam, mit dem ich zusammen Abitur in Jena gemacht habe. Wir trafen auch Helga Schütz. Es war traurig.
Dennoch grüße ich Dich voller Heiterkeit, und wir wünschen Dir und Maria gute Tage.

Herzlich
Renate und Elmar

Roland Gräf (1934–2017) war ein Filmregisseur, der sehr gern Literatur verfilmte, u. a. das Buch von Günter de Bruyn *Märkische Forschung* und 1991 eben auch Heins Roman *Der Tangospieler*.

25. 7. 2017 (via E-Mail)

Lieber Elmar,
nicht schön zu hören, daß es Dir nicht gut geht. Aber freilich, wir sind beide nicht mehr 30, auch nicht 40, selbst 50, 60, 70 sind verweht. Geben wir uns zufrieden damit; schließlich: wir hatten gute Jahre, eine gute Zeit. Und eben diese unsere Zeit neigt sich. Ist halt leider so vorgesehen.
Einen innerfamiliären Konflikt versuche ich beim nächsten Buch (Frühjahr 18) mit zwei Exemplaren zu lösen.
Sei umarmt, grüße Renate,
herzlich,
Christoph

EF starb am 3. Dezember 2017 in seinem Haus in Leipzig. Eine Woche zuvor hatte ihn CH noch einmal besucht.

Erinnerungen

Christoph Hein

an einen Husaren.

Grabrede für Elmar Faber

Leipzig, Südfriedhof, 19. XII. 2017

Liebe Renate, lieber Renaldo, lieber Michael, liebe Maria und Mara, liebe Enkelkinder von Elmar, verehrte Freunde, Kollegen, Mitstreiter und Schüler von Elmar Faber.

„Und jedem Anfang wohnt ein Zauber inne", sagt der Dichter, aber vor sogenannten All-Aussagen warnt der Logiker, denn Ausnahmen von der Regel sind gewöhnlich die Regel.
Nein, unserem Beginn wohnte kein Zauber inne.
Elmar Faber übernahm 1983 den Aufbau-Verlag, und wir, die Aufbau-Autoren, waren misstrauisch. Wer kommt da? Was haben wir zu erwarten? Was blüht uns mit dem Neuen?

Er hatte zuvor die Edition Leipzig geleitet, gewissermaßen einen West-Verlag auf dem Boden der DDR, denn die Bücher dieses Verlages – prächtige Kunst- und Bildbände, alte Jagdwaffen wurden vorgestellt, historische Instrumente, mittelalterliche Handwerkskunst, alles sorgfältig gedruckt und auf feinstem Papier – wurden zu 100 Prozent in den Westen verkauft. Unsereins konnte allenfalls – wie bei den anderen Westbüchern – auf der Buchmesse in ihnen blättern.
Ich erkundigte mich bei dem neuen Aufbau-Chef, was ihn bewogen habe, einen Verlag zu verlassen, in dem man nie politischen Ärger bekommen konnte, bei dem die Zensur nie eingriff, wo ständige Reisen in den Westen möglich waren und man selbst eine Einladung zu einer Mittelmeer-Kreuzfahrt annehmen durfte. Er lachte mich an und erklärte stolz, er hätte den Aufbau-Verlag nur übernommen, um der Verleger von Christoph Hein zu werden.

O ha, dachte ich, mit Speck fängt man einfältige Mäuse, aber nicht den Fuchs. Das wollen wir doch erst mal sehen.
Auch persönlich war der Anfang schwierig, behauptete er doch gleich bei einem unserer ersten Treffen, die Lieder und Volkslieder Thüringens seien die schönsten der Welt. Und das sagte er zu mir, zu einem Schlesier, wo doch die Welt weiß, die schönsten Lieder und Volkslieder der Deutschen entstanden in

Schlesien. Von seinem Irrglauben habe ich ihn Zeit seines Lebens nicht abbringen können.
Und eine weitere, unauflösbare Schwierigkeit gab es zeitlebens mit ihm, die ich nicht verschweigen will. Viele Jahre später bat er mich, ihn bei einer Reise zu begleiten. In drei oder vier großen Städten Westdeutschlands präsentierte er den Aufbau-Verlag mit seiner Geschichte und seinen Büchern, um ihn im Westen bekannt zu machen und die weitere Existenz zu sichern. Er bat mich, bei den öffentlichen Auftritten dabei zu sein, um Publikum zu gewinnen. Es waren gute Tage, eine schöne Reise, und wir aßen vorzüglich in Hessen und Baden-Württemberg. Auf der Heimfahrt sagte er plötzlich: „So, Christoph, soeben haben wir Bayern verlassen, wir sind in Thüringen, und jetzt musst du etwas Wunderbares kosten." Drei Kilometer später fuhr er von der Autobahn ab auf einen Parkplatz mit einem Würstelstand. Er kaufte jedem von uns eine Bratwurst, sie schmeckte ein wenig nach Bitumen und roch nach Diesel, aber er strahlte und meinte: „So etwas Feines bekommst du nirgends wo anders als in Thüringen."
Nun habe ich als getreulicher Chronist alle Misslichkeiten genannt und kann nun zu den anderen Fakten kommen.
Elmar Faber war ein halbes Jahr der Aufbau-Chef, als ich im Verlag das Manuskript zu *Horns Ende* abgab, ein Manuskript, dass nie über die Hürde der Zensur kam. Die Hauptverwaltung Verlage forderte wiederholt Änderungen und Striche, und ich gab alle zwei, drei Monate ein neues Typoskript ab. Die Manuskripte unterschieden sich deutlich im Umfang, mal waren es fünfzig Seiten mehr, mal zwanzig Seiten weniger, tatsächlich hatte ich kein einziges Wort geändert. Ich besaß zu dieser Zeit bereits einen eingeschmuggelten Computer, bei dem ich lediglich die Daten für den Drucker änderte. Die Zensur teilte dem Verlag mit: „Herr Hein habe zwar am Manuskript viel gearbeitet, aber die entscheidenden Stellen leider nicht geändert."
Ich hatte kein Wort geändert, aber die Zensoren waren, wie von mir vermutet, zu faul, Seite für Seite zu prüfen.

Elmar Faber zog für das Manuskript immer wieder bis zu dem auch für die Literatur zuständigen obersten Chef, zu Kurt Hager, doch alles half nichts, das Manuskript blieb verboten. Als ihm klar wurde, dass er für das Manuskript nie grünes Licht bekäme, kitzelten ihn wieder einmal sein Stolz und seine Selbstachtung. Er rief in der Druckerei an und teilte mit, er habe die Genehmigung für das Buch erhalten; die längst gedruckten Seiten könnten gebunden und das Buch ausgeliefert werden.
Zwei Tage später – und noch bevor die Herren im Hohen Haus davon etwas mitbekamen – war *Horns Ende* in den Buchhandlungen und einen Tag danach verkauft und vergriffen.
Das war ein einmaliger Husarenstreich, den Elmar Faber da ausführte. Damit wurde *Horns Ende* das einzige Buch in der DDR, das ohne Genehmigung der Zensur erschien und gegen die ausdrückliche Entscheidung des obersten Zensors Hager.
Und nun ging es um Fabers Kopf, denn mit seiner Entscheidung hatte er seine Existenz als Verleger aufs Spiel gesetzt.
Es ging anders aus, als zu erwarten war. Er wurde nicht abgesetzt, das Hohe Haus scheute wohl die höhnischen oder bitteren Reaktionen der westlichen Presse. Ein gängiges Ondit in dem kleinen Ländchen lautete: die Kulturpolitik der DDR wird von der *FAZ* gemacht. Das rettete ihm den Kopf.
Als ich ihn nach dem Gespräch im Hohen Haus fragte, sagte er lediglich, er habe sich nicht vorstellen können, derart beschimpft zu werden. Mehr dazu sagte er nie, trotz aller Nachfragen, das verboten ihm wohl sein Selbstwertgefühl und sein Stolz, von denen er nach der Art der Husaren Zeit seines Lebens viel besaß.
Elmar Faber kämpfte für die Bücher und die Autoren.
Es gibt einen Satz, der Tucholsky zugeschrieben wird, gelegentlich auch Döblin. Gewiss ist nur, der Satz galt dem Verleger Rowohlt. „Das eine Auge des Verlegers“, heißt dieser Satz, „ruht wohlwollend auf dem Haupt des Autors und sein zweites Auge blickt unbeirrt kritisch auf das Manuskript. Aber das dritte Auge, das Auge der Weisheit, schielt beharrlich ins Portemonnaie.“

Nun, dieser Satz gilt nicht für Elmar Faber. Sein drittes Auge schielte nicht ins Portemonnaie und er war nie um die eigene Karriere besorgt. Was ihn über den Eifer für seine Autoren und die Bemühungen um die Käufer der von ihm verlegten Bücher hinaus antrieb, war sein Selbstbewusstsein, sein Stolz, seine Kühnheit, die ihn gelegentlich zu dreisten Tollkühnheiten hinriss.

Ebenso unerschrocken setzte er sich für die Mitarbeiter seiner Verlage ein. Als ein junger Journalist nach einer Intervention der Staatssicherheit seine Arbeit verlor und ihm, wie so vielen und seinerzeit auch mir, nur noch eine Beschäftigung als Kellner oder Friedhofswärter möglich war, holte er ihn in seinen Verlag. Da der junge Mann anstellig war, hatte er nicht die Post von Büro zu Büro zu bringen oder die Manuskriptstapel durch die Gänge des Verlages zu fahren, sondern Faber führte ihn über mehrere Jahre hindurch in alle Bereiche des Verlagsgeschäfts ein, so dass der junge Mann eine vorzügliche Ausbildung als Verleger erhielt und bald darauf einen eigenen Verlag gründete, der sich auf dem Markt wunderbar behauptet, den Christoph Links Verlag.

Nach der Wende wurde der Osten demokratisiert. Es gab Kommissionen, Gremien, Sitzungen, Tagungen, es sollte entschieden werden, was von dem untergehenden Staat bleiben und erhalten, was abgeschafft und vernichtet werden sollte. Ich gehörte in Berlin zu einer Kommission, die darüber befand, welche Kultur- und Kunsteinrichtungen in Berlin, genauer gesagt: im Ostteil der Stadt, erhaltenswert waren. Der Kreis bestand aus gewichtigen westdeutschen Persönlichkeiten, die allerdings keine oder nur eine sporadische Beziehung zu Berlin hatten und Ostberlin überhaupt nicht kannten, doch sie waren so bedeutend, dass nur sie über das künftige Kultur- und Geistesleben der neuen Hauptstadt urteilen konnten. Da sie nicht wussten, wo das eine oder andere Theater liegt, in Ost- oder in Westberlin, waren auch Berliner dabei, der Intendant der Festspiele, Ulrich Eckhardt, und ich. Da Eckhardt ein ausgezeichneter Kenner auch der ostdeutschen und Ostberliner

Kulturlandschaft war, ergab es sich, dass wir beide, Eckhardt und ich, fast allein die Liste erstellten, die die Kommission schließlich absegnete.
Ich erinnere mich, dass auch der Friedrichstadtpalast auf der Streichliste stand. Ich wies den Kreis auf jene irreparablen Schäden hin, die Städte wie New York und Paris mit der Auflösung der großen Show-Balletts erlitten hätten. Es gelang mir tatsächlich, den Friedrichstadtpalast zu retten, und ich sagte meiner Frau, sie möge nicht allzu irritiert sein, wenn demnächst vierzig entzückende junge Damen bei uns vor der Tür stünden, um mich zu herzen und zu drücken. Es sei dann nicht so, wie sie glaube, sagte ich vorsorglich zu ihr, es sei alles ganz anders.
Auf der Bonner Streich- und Strichliste stand an oberster Stelle das Maxim-Gorki-Theater. Dieses Theater war aus Bonner Sicht ein Haus, in dem nur russische Stücke gespielt werden und zudem wohl in russischer Sprache. Das Gorki-Theater könne man schließen, eine Singakademie wäre einer Hauptstadt gemäßer. Ulrich Eckhardt meldete sich und sagte, leider sei das nicht möglich, denn diese Bühne sei das einzige Sprechtheater an Berlins Prachtmeile.
Ich schaute ihn fassungslos an. Ein Begriff wie „Berliner Prachtmeile" gehörte nicht zu meinem, aber auch nicht zu seinem Vokabular. Doch schnell war klar, dieser Terminus schützte das Gorki-Theater. In Bonn konnte man mit einer Prachtmeile etwas anfangen, derlei gehörte zu den gediegenen Bonner Phrasen. Eckhardts Einwand traf daher auf offene Ohren, dieser Terminus rettete Gorki.
Nachdem diese Kommission ihre Arbeit getan hatte, vermied ich, mich nochmals in derlei Gremien wählen zu lassen, denn der übergeordnete Plan war unübersehbar geworden. Das große Staatsziel hieß: Delegitimierung des anderen deutschen Staates, und bald gab es den Auftrag: *Austausch der Eliten.*
Ein seltsames, ein merkwürdiges Wort. Es ist klar, was gemeint und angestrebt wurde, nur ist es ein Wort aus der *LTI,* der *Lingua Tertii Imperii.* Freilich, im ursprünglichen Original hieß

es nicht *Austausch*, sondern *Liquidierung der Eliten*.
Vom Sicherheitsdienst des Reichsführer-SS wurde die *AB-Aktion* geplant, die *Außerordentliche Befriedungsaktion*, und dafür ein sogenanntes *Sonderfahndungsbuch* erstellt. Es reiche aus, hieß es in dem Papier, in den Ostgebieten jeweils den Pfarrer und den Rabbi zu liquidieren, der Rest der Bevölkerung sei danach ausreichend eingeschüchtert und werde keinen Widerstand leisten.
Nun, die Zeit dieser staatlichen Grausamkeit und Brutalität ist vorbei. Der Pfarrer und der Rabbi mussten nicht mehr liquidiert werden, es reichte aus, den Pfarrer und den Rabbi einzukaufen, der Rest folgte ihnen.
Das eine wie das andere Verfahren hätte den Beifall von Niccolò Machiavelli gefunden, der eben diese Methoden im *Il principe* empfiehlt.
Seltsam aber ist der Rückgriff auf die Sprache des 3. Reiches. Auch das Wort *Aufbau Ost* als Bezeichnung der wirtschaftspolitischen Dekrete zur Anpassung der neuen Bundesländer an den Westen, stammt aus der *Lingua Tertii Imperii*. Das Planungsamt des Reichskommissariats erstellte den Plan für die Kolonisierung und Germanisierung von Teilen Osteuropas. Der zuständige *Wirtschaftsstab Ost* nannte das Programm seinerzeit zynischerweise *Aufbau Ost*.
Wieso benutzte man 1990 diese Sprache?
Nach 1945 gab es keinen Austausch der Eliten in der neu gegründeten Bundesrepublik, ganz im Gegenteil, die Eliten von Militär und Geheimdienst, der Beamten, des politischen Personals, der inneren und auswärtigen Dienste, der Wissenschaftler, der Ärzte, der Universitäten und Schulen, alle wurden übernommen. Das liegt Jahrzehnte zurück, inzwischen übernahmen die Kinder dieser Eliten, dann ihre Kindeskinder.
Ist die Verwendung der Sprache des *LTI* eine Reminiszenz an das alte Bauern-Kriegslied

> *Geschlagen ziehen wir nach Haus/*
> *Unsre Enkel fechtens besser aus?*

Liebe Freunde, diese scheinbare Abschweifung war keine Aberration.
Ich besuchte Elmar Faber acht Tage vor seinem Tod. Er bat, dass ich an seinem Grab spreche, auch darüber. „Und bitte nicht die üblichen frommen Lügen zum Schluss", sagte er, „sag am Grab die Wahrheit, Christoph. Du kennst sie, du kannst sie sagen."
Er hat mich halt immer überschätzt.
Elmar Faber war nicht zu schrecken. Ihn schüchterten nicht die Machthaber der DDR ein, aber auch nicht die Mächtigen der Bundesrepublik. Er, der nichts mit der Staatssicherheit zu tun hatte, weigerte sich, in Demutshaltung sich selbst einen Persilschein für sein Verhalten zu DDR-Zeiten auszustellen.
In der hochnotpeinlichen Befragung ging es darum, ob er Täter oder Opfer ist. Er war immer höchst tatvoll, aber kein Täter, jedenfalls nicht in dem Sinn seiner Befrager. Er opferte sich auf, aber fühlte sich gewiss nie als Opfer. Faber verstand ihre Fragen als unverschämte Kränkung, die Beamten verstanden eine solche Haltung wie seine nicht, er müsse doch nur hinschreiben, er sei kein Schurke. Was sie damit einem Mann von Mut und Ehre zumuteten, ahnten diese Beamten nicht. Sie brauchen keinen Mut und keine Ehre, sie haben ihre Dienstanweisungen. Ihr schamloses und ehrvergessenes Ansinnen kränkte seinen Stolz, er weigerte sich, und das war ein erwünschter Grund, ihn zu eliminieren: er wurde als Verlagschef entlassen. Der westdeutsche Käufer des Verlages stellte ihn sofort wieder ein, doch Faber dankte dies nicht mit der erwarteten Willfährigkeit. Elmar Faber blieb sich und seinen Werten treu, was dazu führte, dass der neue Besitzer ihn nach wenigen Jahren entließ, da Faber auf seinem Verlagsprogramm beharrte. Ich fragte ihn, wieso er geglaubt habe, er könnte seine Haltung und sein Programm gegen die Entscheidungen des Millionärs und Verlagseigners durchsetzen. Er lachte und erwiderte: „Weil mein Programm das bessere war."
Damit hatte er wohl recht, denn der reiche Verlagsaufkäufer brachte in kürzester Zeit den großen Verlag an den Rand des Ruins, aber der Satz von Elmar Faber verriet mir auch, dass er

Das Kapital von Karl Marx kaum gelesen oder nur unzureichend verstanden hat. Nestroy, der Österreicher und Zeitgenosse von Marx, Johann Nepomuk Nestroy hatte es besser verstanden, denn er schrieb: „Glaube, Hoffnung, Liebe, diese drei; aber das Wichtigste von ihnen ist das Bargeld."
Elmar Faber blieb unverzagt, gründete einen eigenen Verlag, Faber & Faber. Ich wies ihn darauf hin, dass es einen alten und sehr erfolgreichen britischen Verlag bereits gäbe, Faber and Faber in London; er könnte Ärger bekommen. Doch er meinte, er heiße nun einmal Faber, er könne der Briten wegen seinen Namen nicht ändern.
Es gab keinen Ärger mit London. Vielleicht kannte man dort Elmar Faber, hatte von dem Draufgänger gehört und sich gesagt, mit diesem Kerl sollte man sich nicht einlassen, es ist besser, ihm aus dem Weg zu gehen.
Mit seinem kleinen Verlag konnte er nun das machen, was ihn in Wahrheit allein interessierte: schöne Bücher, kostbare Bücher, die in ihrer Aufmachung an handgefertigte Inkunabeln erinnerten. Diese Prachtexemplare, Juwelen der Buchkunst, waren köstlich und kostbar und hatten daher ihren Preis, aber Faber war findig genug, die Käufer für seine Preziosen aufzuspüren.
Und nun ist alles dahingegangen. Faber & Faber gibt es nicht mehr, und nun verabschiedete sich auch Elmar Faber von uns. Ich bin sicher, er wurde im Himmel gebührend begrüßt. Die deutschen und die internationalen Verleger werden sich bei seiner Ankunft aufgestellt haben, und da dies durchweg Männer und Frauen von Geist und Kultur sind, werden sie ihn mit einem Lied empfangen haben, mit einem thüringischen Volkslied und mit einer garantiert echten Thüringer Bratwurst. Und Elmar Faber wird meinen, er sei in der Seligkeit angekommen.

Liebe Renate, liebe Fabers, vergesst bei allem Kummer und Schmerz nicht die Jahre und Jahrzehnte, die Ihr das Glück hattet, mit ihm zu leben, mit dem tapferen Husaren Elmar Faber.

Husaren sind nie ganz einfache Leute, denn sie wissen immer alles besser, sie wissen immer, wo es lang zu gehen hat, Widerspruch wird nicht geduldet, die einzig akzeptierte Kritik ist zustimmender Applaus, und alle haben ihnen jederzeit zu folgen. Aber wer das Glück hatte, mit einem Husaren an der Seite das Leben zu bestreiten, hat etwas mehr von dieser schönen und grimmigen Welt erleben dürfen. Bei aller Trauer, meine Lieben, erinnert Euch dieses Glücks.

20 Jahre

Christoph Hein

Faber & Faber

Rede von Christoph Hein, so oder so ähnlich,
da frei ohne Manuskript, gehalten am 21. Januar 2011
im Leipziger Haus des Buches im Anschluß an die
öffentliche Veranstaltung im engeren Kreise geladener
Autoren, Künstler, Buchhändler, Verlegerkollegen
und Freunde des Hauses

Sehr geehrte Damen und Herren, liebe Freunde,

wir sind zusammengekommen, um ein Verlagsjubiläum zu feiern, einen Verleger, eine Verlegerfamilie, denn der Verlag Faber & Faber besteht seit zwanzig Jahren. Wir wollen Faber und sein Haus rühmen und preisen, denn ohne unsere Verleger hätte die deutsche Kultur und Literatur niemals diese Blüte und Vollkommenheit erreichen und sich in der Welt einen Namen machen können.

Dieses war der erste Satz meiner Laudatio, ein Satz von einer fast staatsmännischen Würde, und es freut mich, dass Sie mir alle beipflichten, dass von den eingeladenen einhundertdreißig Gästen einhundertfünfzig mit mir einer Meinung sind. Also stimmen auch die eingeschmuggelten, die nicht ganz legalen Gäste der Verlagsfeier meinen Worten zu.
Wir kommen zum zweiten Satz, und nun wird es schwierig. Denn wozu werden Verleger eigentlich gebraucht? Worin besteht ihre allseits geschätzte Arbeit? Was macht sie für das deutsche Kulturleben so unentbehrlich?
Wen immer ich ansprach, keiner konnte mir diese Frage beantworten. Der Verleger ist offenbar ein mythisches und mystisches Rätsel. Steigen wir also hinab zu den Anfängen, in den geheimnisvollen Mythos, begeben wir uns in die Kindheit. Mit sechs Jahren lernte ich lesen, und seit dem siebenten Jahr las ich an einem jeden Tag, und zwar, wenn ich nicht von den Eltern zu unsinnigen Gartenarbeiten genötigt wurde, täglich ein ganzes Buch.
Ich las und las, lernte die wunderbarsten Geschichten kennen, prägte mir für alle Zeit die Helden und ihre Erzählungen ein und merkte mir die Titel aller gelesenen Bücher, aber es dauerte ein ganzes Jahr, bis mir auffiel, dass über dem Titel der heiß geliebten Bücher ein Name stand, der Name des Autors. Der Achtjährige begriff, es gab jemanden, der das Ganze geschrieben hatte, und ich lernte fortan den Autorennamen zu nutzen, indem ich nach anderen Büchern von dem gleichen Autor

forschte oder Bücher mit seinem Namen künftig links liegen ließ.
Es dauerte ein weiteres Jahr – Sie haben mitgerechnet, ich war mittlerweile neun Jahre – bis ich einen weiteren Namen auf den Einbänden der Bücher entdeckte, und ich erfuhr, dies sei der Name des Verlegers oder des Verlages. Ich war so kindlich zu vermuten, der Verleger sei der Mann, der das Buch herstellt, den Buchkörper, aber ich wurde belehrt, dafür seien die Drucker und die Buchbinder zuständig.
Und was, fragte ich, macht der Verleger? Was macht ihn so wichtig, dass er, dem Autor und Titel ebenbürtig, auf Bucheinband und Schutzumschlag verewigt wird?
Nun, lautete die Antwort, er ist unentbehrlich für die Buchkultur. Ohne ihn hätte die deutsche Literatur niemals diese Blüte und Vollkommenheit erreichen und sich in der Welt einen Namen machen können.

Der Verleger blieb für mich ein mystischer Mythos. Heute will ich versuchen, diesen Mythos um den Verleger und seinen Anteil an der Buchherstellung aufzuhellen.
Zu Beginn, von allem Anfang an, braucht das Buch einen Autor. Das sind Menschen, die sich fortwährend vergiften, um das zu produzieren, was sie für weltwichtig halten. Um diese Arbeit, das Schreiben, bewältigen zu können, schädigen sie sich planvoll mit lebensbedrohlichen Giften wie Nikotin, Coffein, Teein und Alkohol, einige auch mit härteren Drogen, anders ist die Produktion von Literatur nicht möglich. Einen Verleger braucht es dabei nicht, er würde nur stören.
Ist der Autor nach Jahren endlich mit dem Text zu Ende und zufrieden, eilt er zu einem Maler, damit dieser die erforderlichen Bilder für das Buch herstellt. Jetzt kommt ein weiteres Gift dazu, denn Maler brauchen gewöhnlich Zigarren, um malen und zeichnen zu können, und der Autor kann sich – um des lieben Friedens mit seinem Maler willen – diesem fürchterlichen Kraut nicht entziehen. Ein Verleger wäre dabei völlig fehl am Platz, er würde stören.

Mit dem Text und den Bildern geht es dann zum Buchdrucker und zum Buchbinder, das ist ein kurzer Weg, denn diese beiden wohnen üblicherweise im gleichen Haus. Hier wirkt nun ein Gift anderer Art auf die Künstler ein, nicht weniger lebensbedrohlich als Tabak und Wein: denn diese Leute wollen für ihre Arbeit Geld haben. Man verhandelt und feilscht wie auf dem Basar, man wird sich so freundschaftlich einig wie Bauern auf dem Pferdemarkt – und das Buch entsteht.

Und der Verleger? Ja, meine Damen und Herren, Sie ahnen es und haben recht: er würde dabei nur stören.

Die gesamte Auflage wird dann an den Großhändler geliefert. Mit ihm ist es sehr einfach. Er sagt zu dem Autor, dem Maler, dem Buchdrucker und Buchbinder: Bitte, ich nehme Euch die Auflage ab und vertreibe sie, aber ich bekomme 40 Prozent. Und wenn dann einer der Buchkünstler klagt und ihn runterhandeln will, sagt er lächelnd: heute nehme ich 40 Prozent, morgen 50 Prozent. Verhandlungen mit dem Grossisten sind also äußerst einfach, und ein Verleger würde nur stören.

Nun werden die Bücher in die Buchhandlungen gebracht, der Buchhändler verlangt seinen Anteil, die Verschuldung von Autor und Maler ist inzwischen immens, und daher hält sich der Verleger gescheiterweise zurück; er würde auch nur stören.

Und schließlich taucht das eigentliche Objekt aller Begierde auf: der Buchkäufer. Verführt von einem Titel, gebannt vom Namen eines Autors oder verzaubert von den Künsten des Malers holt er endlich sein Portemonnaie heraus und legt das ersehnte Geld auf die Ladentheke. Endlich! Und auch hierbei würde ein Verleger, richtig, er würde nur stören.

Der Autor und Maler eilen nach Hause. Sie haben vielleicht Glück gehabt und ihre Schulden sind beglichen oder doch zur Hälfte getilgt, für den Rest müssen halt die Ehefrauen aufkommen. Sie eilen nach Hause, um das nächste Buch herzustellen, denn die Schulden drücken und die Kinder schreien nach Brot.

So, meine Damen und Herren, genau so entsteht ein Buch und findet schließlich seinen Leser.

Und der Verleger? Wo ist er geblieben? Wo griff er ein und förderte die Literatur und Kunst, wodurch sie erst diese Blüte und Vollkommenheit erreichen und sich in der Welt einen Namen machen konnte?
Manchmal, aber das ist selten, manchmal wird ein Buch ein Bestseller. Und manchmal, und das ist noch viel seltener, verkauft sich ein Buch auch gut, wird also zu einem gut verkauften Bestseller. In diesem höchst seltenen Fall kommt plötzlich Geld herein, Geld, was nicht nur dem Grossisten gehört, nicht allein dem Buchhändler, Geld, das nicht in der Druckerei und Buchbinderei abzuliefern ist. Nein, es kommt Geld herein, das in die Hände des Autors und des Malers kommen könnte, Geld, von denen die beiden leben könnten. Und in diesem seltenen Augenblick erscheint, den Göttern gleichend, der Verleger auf dem Buchmarkt. Er erscheint und erbarmt sich. Erbarmt sich des Autors und des Malers. Er nimmt das Geld und verwahrt es in seinem prächtigen Verlag, in dem genügend Zimmer sind und Geldschränke stehen, um plötzlich eintreffende Geldmengen zu bewältigen.
Unerfahrene Leser, minderjährige Leseratten, jungfräuliche Backfische mit literarischen Neigungen werden jetzt möglicherweise rufen: Oh, wie gemein! Aber damit offenbaren sie lediglich, dass sie noch immer in den bunten Märchen ihrer Bücher leben und die Welt nicht kennen, die Welt nicht und nicht die Verleger. Denn bedenken Sie, Autoren und Maler können mit Geld nicht umgehen. Die Geschichte kennt entsetzliche Beispiele überraschend reich gewordener und tragisch endender Künstler. Sie können nicht mit Geld umgehen, aber Verleger können es, und die Verleger opfern sich und nehmen das Schicksal auf sich, den unvermuteten Geldsegen zu ertragen. Und sie retten damit die Literatur, die Kultur und die Kunst.
Denn was würde geschehen, wenn das viele Geld in die Hände von Autoren und Malern geriete? Sie würden aufhören zu arbeiten, sie würden Kreuzfahrten buchen, nach St. Tropez, New York und Paris fliegen, in ihren Swimmingpools liegen und

aufhören, sich weiterhin fortgesetzt zu vergiften. Sie würden dem Tabak und dem Alkohol abschwören und folglich nicht mehr eine einzige Zeile und Skizze zu Papier bringen. An dem Tag, an dem man den Autoren und Malern Geld in die Hand gibt, das ihnen als den Urhebern zusteht, an dem Tag wäre das Ende der literarischen Produktion erreicht. Literatur wäre, um es in der buchhalterischen Sprache auszudrücken, ein abgeschlossenes Sammelgebiet, nichts käme mehr hinzu.
Und davor bewahren uns die Verleger, darum opfern sie sich auf. Ohne die deutschen Verleger hätte die deutsche Kultur und Literatur niemals diese Blüte und Vollkommenheit erreichen und sich in der Welt einen Namen machen können.
Loben wir deshalb unaufhörlich unsere göttlichen Verleger. Rühmen und preisen wir daher den sich aufopfernden Verleger Faber und den Verlag Faber & Faber, der eigentlich, wie wir alle wissen, Faber & Faber & Faber heißen müsste.

Von der Verlagsgründung an war Renate Faber, Ehefrau von EF und Mutter von Michael Faber, nicht nur die gute Seele des Verlags, sondern auch die Hüterin der Buchhaltung, der Einnahmen und Ausgaben und damit auch zuständig für die Anweisungen der Honorare an die Künstler, Autoren und Gestalter. CH legte Wert darauf, sie so einmal zu würdigen.

Herstellung atelier eilenberger
Schriften Warnock und Univers
Papier Munken creme
Printed in Germany

Dieses und andere Bücher
finden Sie auch im Internet unter
www.verlagfaberundfaber.de

ISBN 978-3-86730-135-0